君ふたり乗り

目次

ファストフード店でデート……7
彼の制服を借りる……14
ティファニーをもらう……21
放課後の告白……29
ペアルック……37
制服のほつれを縫ってあげる……45
自転車にふたり乗り……52
手作りチョコレート……59
第2ボタンをもらう……66
制服男子と立ち話をする……72

タコさんウィンナーを作る……78
夏休みにプールでデート……84
調理実習の差し入れ……90
お姫さまだっこ……98
ふたりで観覧車……105
男子と一緒に勉強をする……112
きんちゃく袋のプレゼント……118
修学旅行の自由時間に彼氏に電話……124
校門で待たれる……131
あとがき……138
文庫版あとがき……140

ファストフード店でデート

わたしの青春は、手遅れなのである。

やり残して大人になってしまったことを数えると、なんとも言えぬわびしい気持ちになってしまう。

いや、中には、手遅れにならなかった青春もある。

高校時代。学校で禁止されていた原付バイクの免許を取るとか、授業を抜け出して喫茶店でサボるとか、体育祭の打ち上げでこっそり居酒屋に行くとか、そしてそれが学校にバレて無期停学になるとか。

気弱で心配性のわたしが、よくぞ、これらの青春をクリアできたものだと思う。すべて良き友を持ったおかげである。

しかし、いくら良き友を持っていても、わたしの青春は手遅れだらけなのだった。

恋愛。

それは、わたしの青春からすっぽりと抜け落ちている。わたしは、10代の甘酸《あまず》っぱい恋愛を知らぬまま、大人になってしまった。ちっともモテずに過ぎ去ってしまったのだ。

そのせいなのか、モテたいと思う気持ちから逃れられない。

来年40歳を迎えるというのに、今なお男の人から10代の女の子のように扱われたいと思っている。素敵だなと思うサッカー部の先輩から、放課後のデートに誘われることを夢見たままなのである。恐ろしい話である。

たとえば、憧《あこが》れていたことのひとつ。

高校の帰りにファストフード店でデート。

同じ高校生として、わたしはそういうシーンを目撃するたびに、「あぁ、あそこでハンバーガーを食べている子がわたしだったら……」と思いを馳《は》せていたものだ。

だけど、その子にはなれなかった。

わたしの周りには常に数人の女子の友達がうずまいていて、いつだって下世話な話で盛り上がっていたからである。同じ歳《とし》の男の子たちが、もっとも近づきたくない集団であった。

ノートにらくがきした男性の下半身の絵に、みんなでキャーキャーと笑っていたあの頃。でも、誰も本物を見たことがなかったから、その絵が正しいのかどうか、正直、よくわかっていなかった。今から思えば、かなり構造が間違っていたように思う。

放課後にわたしたちがよく行ったのは、駅前のロッテリアだった。いつも高校生同士のカップルで賑《にぎ》わっていた。同じ高校のカップルもいれば、制服の違う他校同士のカップルもいた。

同じ高校の先輩と付き合っていた友達（派閥《はばつ》が違う）は、ロッテリアに行っても、全部、先輩がお金を払ってくれるんだと言っていた。わたしは、男子にごちそうしてもらったことがなかったから、ごちそうしてもらう女の子ってすごいなぁ〜と、本当にまぶしかった。

わたしが、当時していたパン屋さんのアルバイトの時給は、４８０円。１時間働いても、ハンバーガーとシェイクが買えるか買えないかの微妙な金額である。その貴重なお金を思えば、ロッテリアでおごってくれる恋人がカッコ良く思えるのも無理はない。わたしも、一度でいいから、先輩にロッテリアでハンバーガーをおごってもらいたかったのだ！

でも、もう、手遅れなのである。

どうやったって取り戻せない。大人になってしまったからだ。今さらデートでロッテリアに行くこともないし、行きたいとも思えない。過ぎてしまったことなので仕方がないのだ。そう思いつつも、いつしかわたしは、こんなふうに考えるようになっていたのである。

10代で男の子とロッテリアに行けなかったぶんを、「大人のわたし」で取り戻したい。

ちょっとでもちやほやしてくれる男性が現れるたびに、心の電卓をバチバチとたたく。美味《おい》しいレストランに連れて行ってもらったからロッテリア1回ぶん。男の人と素敵なバーに行けたから、ロッテシェーキ1杯ぶん……。

20代、30代と、わたしも恋愛というものをしてきたわけで、若き日のロッテリアぶんを、多少なりとも回収できたと思えるようにはなった。だけど、やっぱり足りない。まだまだごちそうしてもらわないと、わたしの青春は手遅れのまんまだ。

しかし、ここにきて、もう、回収は無理だと感じるようになってきた。

男の人に誘われなくなってきている。30代の半ばまでは、まだ若いお嬢さん扱いをされていたのに、最近はめっきり。

歳をとりつつあるのだった。

それは、想像していたよりも淋しいことだった。ごはんに連れて行ってくれる男性は、今ではたいてい仕事がらみ……。いや、それでもいいのである。領収書を切ろうが、切るまいが、美味しいものをごちそうしてもらうのはやっぱりいいものですから。

ただし、サッカー部の先輩と一緒に食べたかった妄想ハンバーガーの味を超えるものには、一生出会えるはずがないのである。

青春、手遅れ

何年前のこと
だったろう？
35歳くらいの頃
でしょうか
うーん
街を歩いているとき
ふと、思った

ビッグマック
このままいくと
わたしは一生
ビッグマックを
食べないまま
なのでは？
10代の頃は、
マクドナルドにも
しょっちゅう
行ってたけど
なにする？
チーズバーガー
お金もなかったし
安いバーガーばかり
わたしも
チーズバーガー

ビッグマック
って、一回食べて
みたいな〜
って憧れて
いたものの
えーえー
大人になってしまえば
もう全然食べたく
なくなっていたの
でした
35歳頃のわたし
ってことは
ビッグマックを
食べないまま
人生が終わっちゃうの
かもしれないな〜
そう思うと、
取りかえしのつかない
ことのような
気がしてきて
慌ててマクドナルドに
行って食べたのだった
ビッグマック

彼の制服を借りる

歳をとるのは嫌じゃない。

などと、わたしは自分のエッセイの中でしょっちゅう書いている。そう思っている自分が好きだった。

歳をとってもわたしはわたし。嫌がることのほうが変じゃないか！

この気持ちに、まったく嘘なんてなかったのである。

だけど、今、歳をとるのが嫌じゃないと思えなくなってきた。嫌だ、と言い切ってもいいような気がする。

残像が消えてしまいそうなのが怖いのだった。

「30代の女性」というコトバの隣にいる、「20代の女性」が失われていく感覚。そして、それは「10代の女の子」だったわたしが完全に消えてしまうイメージだった。

わたしの心は、まだどこか10代の思春期のままなのに（おいおい）、年齢ばかりが勝手に加算されていくのである。

わたしが描いたマンガの中に、さわ子さんという女性がいる。

彼女は今のわたしと同じ39歳で、自分がどんな洋服を着ていいのかわからないと悩んでいる。かわいい感じにすると無理がでてくるし、シンプルにしすぎるとふけるし……。さわ子さんは、ファッション誌をめくりつつため息をついている。わたしは、そんな、さわ子さんの気持ちに強く共感するのだった。自分で描いて共感っていうのもおかしいのだが、「そうそう、そうなんだよ」と思う。着たい服と、似合う服の差がどんどん開いてきて焦《あせ》っている。心で似合っている服は、もう今の自分の年齢には似合っていないのだ。そういうことも嫌なのだった。

さて、こんな往生際《おうじょうぎわ》の悪いわたしが、10代の頃に一番着たかった服と言えば、何を隠そう男子の制服である。

付き合っている彼の制服を借りて着る、ということに、ただならぬ思い入れがあった。

高校の授業が終わると、わたしは毎度毎度、女友達とギャーギャー連れ立って帰って行った。そして、校内の自転車置き場に向かうとき、いつも校舎の非常階段で立ち話をしているカップルの姿が目に入ってきた。１組だけじゃなく、彼らは各階の非常階段で楽しげに寄り添っていた。

中には、彼の制服を肩にかけてもらっている女の子もいた。

「寒くない？」

などと聞かれて、そっとかけてもらったんだろうなぁ。彼の体温が残っているその制服のぬくもりを想像しただけで、わたしはドキドキした。

それは、大切にされている女の子の象徴だった。

わたしは男の子に大切にされることを、ずっと夢見ていたのだ。

小学生の頃から背が高かったわたしは、同級生の男子にかばってもらう機会が少なかった。小柄な女の子はドッジボールのときでも、よく男子にかばってもらっていた。ひょろ長かったわたしは、大抵、いい標的になっていた。給食当番のとき、小柄な女の子は軽いパンの箱を持つことを許されていた。だけど、わたしは男子と同じく、ずっしり重たい瓶《びん》入り牛乳のケースを持たされ、また持つ力も備えていた。男子にかばってもらう条件を、わたしはちっとも満たしていなかったのである。
だから、男の子たちが自分よりも大きくなる日をずーっと待っていたのだけれど、
結局、高校生になってどんどん男子の背が伸びても、彼氏ができなかったわたしは「寒くない？」と制服を肩にかけてもらえはしなかったのである。

こうして大人になった今でも、わたしは温度のことを聞かれるのがとても好きだ。

たとえば男性に、

「クーラー寒くない？」

って気にかけてもらうような場面に出くわすと、心が騒ぎ立っている。

10代のわたしが果たせなかった憧れ、男子の制服。

それは、すでに手遅れの青春なのだけれど、「クーラー寒くない？」って大人の男に心配されると、制服を肩にかけてもらったような気持ちになれる。

若い服が似合わなくなってきた。

でも、いつまでも「寒くない？」って聞かれたいと思う。それくらいは許されていたいわたしなのである。

青春、手遅れ

あくまでも
わたしの中学時代の
思い出ですが
体育祭の
応援リーダーに
立候補する
女の子は
ヤンキー、
または運動の
できる子だった

どちらでも
なかったわたしは
そーれ
パチ
パチ
そーれ
パチ
パチ
とか、やらされる
係
その他大勢と
ゆーやつです

応援リーダーは
演出として、男子の
ガクランを着たり
することも
それが
うらやましかった
女の子を、より小さく
かわいらしく
見せたから
ワンピース感覚
ヤンキーは、
ヤンキーから
借りて、それもまた
かわいかったのです
わたしも一度でいいから
ガクランを着て
みたかった……
いいな
でも、たとえ
応援リーダーに
なれたとしても
男子にガクランを
借りる勇気など
あるはずも
なかったけれど
チェッ

ひとつのジュースを
ふたりで飲むのに
憧れましたが
一体、なんの
影響から
だったので
しょうか??

ティファニーをもらう

お土産をもらった。

仕事先の男性が、出張のお土産に砂糖菓子を送ってくれたのだ。ちょっとしたお土産をいただくことってよくあるけれど、わたしはその砂糖菓子を手にした瞬間、自分がものすごーく喜んでいることに驚いた。

それは赤い千代紙風の小箱に入っていた。ファンシーな動物のイラストなども描いてある。

かわいらしい。

とってもかわいらしいお土産だ。

強烈に美味しいとか、そういうわけではないんだけど、とにかくパッケージがかわいらしくて、そのかわいらしさが、わたしを有頂天にさせた。

なぜ？

かわいらしいお土産をもらうのが久しぶりだったからである。

思えば、年齢を重ねるごとに、もらうお土産がかわいらしくなくなっていたのだった。

かわいらしくないぶん、別の価値がついている。

たとえば、どこかのお土産でもらった美味しい塩。料理に使うと味がしまって重宝した。たとえば、どこかのお土産でもらった緑茶。摘みたてホヤホヤというそのお茶のいい香りといったら！　たとえば、どこかのお土産でもらった焼き鯖寿司《さばずし》。生姜《しょうが》の風味で大人の味がした。どれもすごく嬉しかった（またもらいたいくらい）。

だけど、どれも、かわいくはないのである！

パッケージは筆文字で書かれた商品名だけ、というシンプルさ。赤い千代紙とか、ウサギのイラストとか、そういう演出とは無縁の「味重視」だ。

そんな味重視のお土産たちが、わたしに伝えようとしていたメッセージがあるとすれば……。

「もうキミは、若い女の子が喜びそうなカワイイお土産を買ってもらえないんだヨ」

ガーン。

なんとなく気づいてはいたけれど、やはり、そういうことなのでしょう。久々にもらったかわいらしいお土産を前に、自分の現在地を教えられた思いであった。

ということは、もう、アレをもらうことは、永遠にないんだろうなぁとしんみりした気持ちになる。

ティファニーのオープンハート。

そのシルバーのネックレスは、わたしがまだ20代の前半だった頃、何人もの友達の胸でゆらゆらと揺れていた。彼氏にもらうことが流行《はや》っていたので、持っている友達がすごく羨《うらや》ましかった。わたしもプレゼントされたいな〜って空想していたものだった。

だけど、結局、もらえなかった。タイミングをのがしたまま現在に至っている。

どうしてわたしは、ティファニーのオープンハートを一度もプレゼントされなかったのだろうか？

それは、たぶん「買って」って言えなかったから。

20代になってそれなりに彼氏ができても、毎回わたしはいっぱいいっぱいだった。下手《へた》に貴金属を欲しがって、お金がかかる女と思われたら結婚できないかもしれない。そう考えると、オープンハートをおねだりする気になれなかった。

つつましいようで、常に計算ずくだった若き日のわたし。それも、これも、まったくモテなかった10代の仕業《しわざ》なのだ！　と思っている。「せっかく彼氏ができたのに」という焦りのせいで、かわいいワガママをちっとも言えなかったのだ。

ティファニーのオープンハートは、もう間に合わない。

今の彼氏に強引に買ってもらったとしても、似合う年齢は過ぎ去っている。

というより、わたしはティファニーのオープンハートをいまだに欲しいと思っているのではなく、ティファニーのオープンハートを首からぶら下げていた青春に憧れているだけなのである。

かわいいお土産をもらえなくなってきた39歳のわたし。だけど、あきらめきれない。

赤やピンクの包装紙。

花柄や水玉模様。

ウサギやパンダのほんわかしたイラスト。

大人の男から「お土産です」って渡されれば、ティファニーをもらえなかった自分の青春を曖昧《あいまい》にできるような気がしてならない。もはや、お土産の味なんて二の次でかまわないのである。だって、だって、美味しいものは、女同士で交換しあえばいいんですから。

青春、手遅れ

軽くて
小さいバッグを
彼氏に持ってもらって
いる女の子が
まぶしい!

あのバッグは、いつ、
男の子の手に渡る
んだろう?
待ち合わせで会った
瞬間に
持っよ
って言われるん
だろうか?
それとも、女の子が
当たりまえみたいに
渡すのかな
ハイ

自分のバッグを彼氏が持ってくれるってわかってる女の子は
なるべく持ちものを少なくする努力とかしてるのかな
なんか、そうゆうことすべてがまぶしい!
はーっ
わたしの若い頃は、
彼が女の子のバッグを持つシステム導入されてなかったし
さみしい……
いや
わたしの時代にあったとしても
いーのいーの軽いから平気
とか言っちゃってるんだろうな〜
ああ、甘えられる人生よ!

長いマフラーを
ふたりで巻いてみたかった時代も
ありました
これはたぶん
マンガの影響

放課後の告白

好きな人からの愛の告白。

告白は告白でも、化粧をしていない素顔をさらけ出している時代に受ける愛の告白には、格別なものがある。

いや、あるのではないか？

考えてみれば、というか、考えなくてもわかっているけれど、わたしは中学、高校時代に、一度も男子から告白をされなかった。

ということは、素顔の自分で告白を受けたことがないわけでもあり、なんというか、これはとっても物足りない真実である。

学生時代の告白。それは放課後に行われるもののようだった。

女の子たちが、放課後の教室でいくつかのグループに分かれて楽しくおしゃべりをしていると、違うクラスのちょっとカッコいい男子が後ろのドアから顔をのぞかせて誰かを捜している。

「ね、田村君（仮名）が捜してるんじゃない？」

ひとりの女子が、みんなの注目を浴びる。田村君が誰を好きなのか、もう周囲も知っているのだ。

「行っておいでよ〜」

などと、女子一同に背中を押されるかたちで廊下に出て行く彼女の姿は、本当に華々しいものだった。

かわいい子は、こんなふうに男子から告白をされるんだなぁ。きっと、ふたりは付き合うんだろう。そしてデートとか行くんだろう。私服姿の彼女を見て、田村君は「かわいいね」とか言うんだ。男子に「かわいいね」って言われるなんて、どんなに嬉しいだろう？　わたしのことを廊下に呼び出してくれる男子がいればいいのになぁ。

けれど、そんなこととは無縁のまま高校を卒業してしまったわたし。いくら大人になって告白をされたとしても、「素顔のままの放課後の告白」は、もはや、永遠に手遅れなのである。

しかし、つい最近。

放課後の告白に匹敵《ひってき》するのではないか？

と思うくらい嬉しいことを言われたのである。

何年かぶりに会った仕事関係の男性に言われたセリフに、わたしは、今、とても舞い上がっている。すでに3カ月ほど経過しているのだけれど、何度も何度も何度も思い出していて、摘みたてのイチゴのように、そのセリフはみずみずしいままわたしの胸の中にある。

「しばらく会わないうちに、きれいになったんじゃない？」

39歳である。もう、そんなふうに言われることなんてないと思ってた。

それは、ちょっとしたリップサービス。なのに、自分でもびっくりするくらい胸がふるえてしまっていたのである。

何度も言うけど39歳である。しばらく会わないうちにきれいになるには、それ相応の努力が必要なのだ。だけど、わたしはなんにもしていない。ヨガも、ジムも、加圧トレーニングも、美顔マッサージもやってない。唯一通っていた近所の岩盤浴も閉店になってしまったからもう行っていない。久しぶりに会えば、やんわりと老化が進んでいるのが自然の流れである。

曲がってしまったお肌の曲がり角は、折り返しているのではなく、足を踏み入れたことのない場所へと向かっている。重力にさからえないお肉もでてきた。こめかみあたりの気になるくすみ。消えにくくなった虫さされ……。

いよいよ、いよいよ、と思っている、そんなわたしの前に差し出されたのが、

「しばらく会わないうちに、きれいになったんじゃない？」

だったのである。

10代、20代の頃は、こんな手垢《てあか》のついたお世辞に反応なんてしなかったけれど、今のわたしが言われて舞い上がれる言葉に、これ以上のものがあるでしょうか？ ない気がする。あえてあげるなら「増刷」（本の）とか……。

中年の仲間入りをしかけているわたしの胸を甘酸っぱくさせる男の人からの言葉。

そのリップサービスには、なんの未来もないのだけれど、でも、いい気分だったから嬉しい。それに、考えてみれば10代の恋人同士の愛の告白にだって、たいてい、なんの未来もなかったのである。

青春、手遅れ

街を歩いていて
小学生の女の子たちと
すれちがうとき
つい、じーっと
見てしまう
じーっ

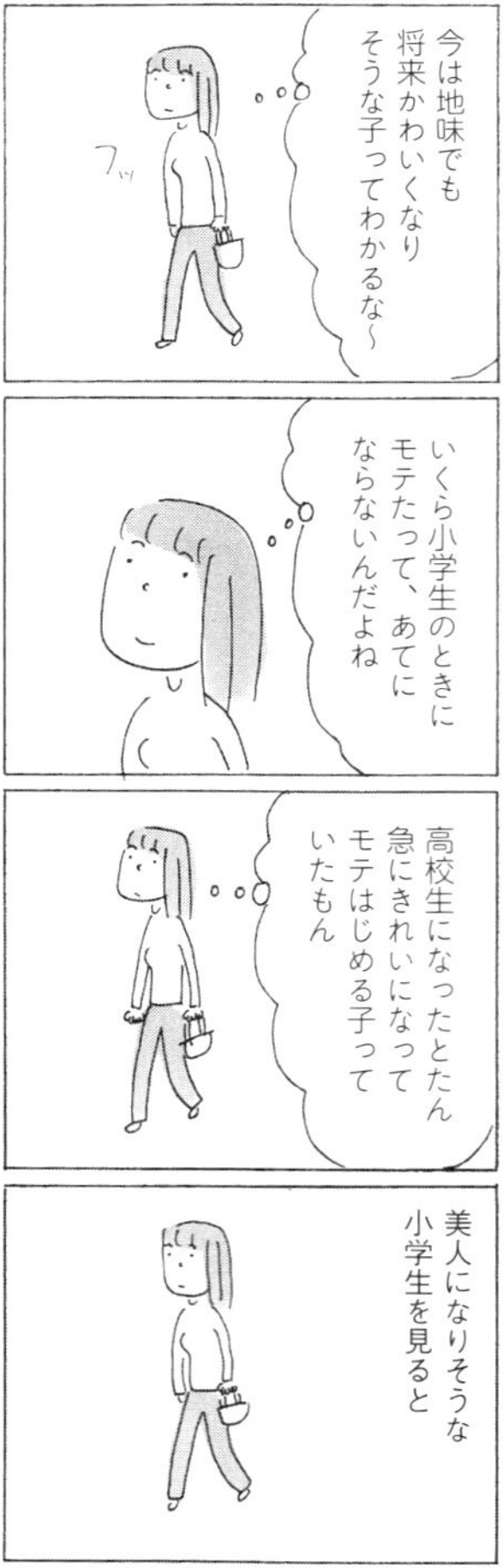
今は地味でも
将来かわいくなり
そうな子ってわかるな～
フッ
いくら小学生のときに
モテたって、あてに
ならないんだよね
高校生になったとたん
急にきれいになって
モテはじめる子って
いたもん
美人になりそうな
小学生を見ると

これから彼女が味わうであろう
モテる青春時代を想像してしまう
学校の中にいても存在感があって
彼女の近くを歩くだけで、男子が少しキンチョーして
先生だって、なんかうれしそうだった
おはよーございます
人生には、モテる時期が3回あるって言うが
その3回を、全部高校時代に使いたかったな〜
フッ
つーか、わたしのモテ期はもう終了したのか？
はて
3回もあったっけ？

告白したりされたりして
付き合うことになったふたりが、

はじめて一緒に下校する
その感じが、うらやましかったです

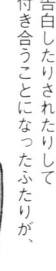

ペアルック

彼氏とのペアルックなどというものは、学生時代にしか経験できぬ特権である。

中学時代。カップルたちは、ペアルックで地元の夏祭りなどに出現していたものだった。読めもしない英語の文字が描かれているおそろいのＴシャツとか、同じプーマのジャージとか。

高校の同級生カップルは、さすがにおそろいの服は着ないものの、リーガルの靴なんかをさりげなく合わせて登校していたっけなぁ。

もし、彼氏ができたら、絶対にペアルックをしてみたい。

若き日のわたしは、どんなペアルックがカッコいいだろうと真剣に考えていた。そして最終的に、おそろいの腕時計をして学校に行くのがいいってことになった。

いつもいつも「わたしなら？」って妄想する側だったから、腕時計という控えめなペアルックに気づいた友達に、「わたしなら？」って妄想させてみたかった。だけど、叶《かな》わなかった。意識しすぎて男子と話すことさえできなかったので、彼とのペアルックは、当然のように手遅れの青春に加えられている。見果てぬ夢のままである。

しかし、こうも思うのだった。

見果てぬ夢は、もともと手中になかったもの。

それに比べれば、「経験済み」を手放すことのほうが、何倍もショックではないのかと。

わたしは、今、さまざまな手放し時期に直面している。それが、案外、ツラい。

たとえば、つい先日、夕飯の買い物帰りに、雑貨屋さんにふらりと立ち寄ったときのことだ。

その店には、髪に飾るキラキラしたアクセサリーがたくさん並んでいた。セールという紙が貼られてあったので、気にいったものがあれば買って帰ろうと、わたしはビーズがついたヘアピンなどを選んでいたわけである。

しかし、ふと、我にかえった。

これを買ったからといって、一体どうなるというのだ？

わたしの髪にキラキラのヘアピンをさしたからといって、だからなんなのだ？

混《こ》みあった店内で自問する。

いや、いいのだ。

別にどうならなくてもいいのである。自分の好きなようにすればいいだけの話じゃないか。

でも、でも、わたしはもうすぐ中年。というか、すでに中年エリアに片足を踏み入れている。髪の毛に何を飾ろうが、男性陣からの恋愛対象ではなくなりつつある身。ドキドキするような恋の予感を胸に秘め、かわいらしいヘアピンを選ぶような乙女心を手放す時期にさしかかっているのだ。これからは、自分が楽しむためだけのヘアピン選びなのだ……。

そう思うと、
キラキラのヘアピンを買ったところで、一体なにが面白いというのだ？

などと、なんだかふてくされた気持ちになってきたのだった。

結局、ヘアピンは買わずに店を出た。そして、スーパーで買ったネギやトマトを入れた袋を手に、大きな大きなため息をついたのである。

「男ウケ」を手放す喪失感は、意外に大きなものだったのだ！

それにくらべて、見果てぬ夢のままである「ペアルック」は、わたしから何も奪いはしない。

身につけるものを選ぶとき、「好き、嫌い」「似合う、似合わない」で充分だった青春時代。

「若い、若くない」という判断に大きな比重がおかれるようになった今では、髪につける小さなアクセサリーでさえ、
このデザイン、年齢制限オーバーじゃないか？

心の声に耳を傾けてのショッピングである。

少しずつ、身につけるものの選択範囲が狭《せば》まっていく。

つい何年か前までは大丈夫だったノースリーブの服も、今のわたしが着ると気合いが入って見えるような気がしてならない。なんというか、もの欲しそうでもある。お

そらく、ノースリーブとのお別れも、そう遠い日ではないのだろう。膝《ひざ》が見えるスカートとも、そろそろ決別のときなのかもしれない。

モテたいと思う気持ちで「ヘアピン」を選べなくなってきた。

ノースリーブや、膝上スカートとのお別れが名残惜《なごりお》しい。

人生において、それは、ささいなことなのだと思う。ささいだけれど、チクッとくる。このチクッが、39歳のわたしを、ふいに痛がらせている。

でも、気づいてもいるのだった。

これはやがて、「あの頃のわたし、まだまだ若かったなぁ」って、懐かしく振り返られる、甘やかな痛みだということも。

青春、手遅れ

うちあわせの帰り
プラザを見かけたので入ってみた
プラザ
久しぶり
店内は、明るく楽しいディスプレイ!!

外国製のきれいなパッケージのお菓子
ポップなデザインのTシャツやトレーナー
いろんなものがたくさんあるのに、
欲しいものが全然ないのだった

昔は、あんなに楽しい場所だったのに
30〜40分は店内をウロウロできたのに
プラザ
しゅん
はーあ
こんな日が訪れるとは……
でも、まあ
最近、着物とか興味でてきたし
あ、
着物雑誌、そろそろ最新号出てるな
ふふ
買って帰ろ

高校の夏休み、バイトに行く途中で
同級生カップルに会うと、
「夏休み」のレベルが違う
ことに気づかされました

制服のほつれを縫ってあげる

「芸能人だったら誰が好き？」

という質問を、男の人にされなくなってきているのだった。いや、全然されなくなった、と言い切ってもいいような気がする。

好きな芸能人を聞かれなくなった理由を考えてみた。すぐにわかった。わたしがどんな芸能人が好きかなんて、別にどーでもいいと思われているということである。

このくやしい感じはなんなのでしょうか？

思えば、10代、20代の頃は、ちょっと男女が集まれば、必ずこの質問が飛び交っていたのである。そして、盛り上がっていたのである。

えっ、あんなのがいいの？　あんなヤツ、全然ダメだよ！

わたしが好きと言ったタレントのことを男性陣に強く否定されると、悪い気はしなかったもの。

何？　ひょっとしてタレントと張り合ってくれてる？

夢見がちなわたしは、モテた気になって喜んでいたような覚えがある。

しかし、そんなことも終わってしまった。今年（もう師走《しわす》だけど）になってから、男の人に好きな芸能人を一度も聞かれていないのである。来年、40歳を迎えるにあたり、ますます聞かれないような予感がしている。

そういえば、最近は、女同士で集まっても、

「ね、今、どんな芸能人が好き？」

とか、話題にならなくなっている。そして、わたしも別に、自分の友達が、今、どんな芸能人が好きなのかなど、どーでもよくなってきているのだった。

いつの間にか、終了していた。

あんなに親しみのあった「好きな芸能人」の話題が、わたしから遠ざかっていた。失ってから、はじめてそのまぶしさを知ったのである。

「ソーイングセット」も、いつの間にか遠ざかったものの仲間だと思う。

ソーイングセット。

それは、中学、高校の頃、確実にわたしの学生カバンに入っていた。

気になる男子がうっかり制服を破《やぶ》いてしまって困っているときに、縫ってあげようと企《たくら》んでいたからである。

「誰か、縫ってくれない？」

「あっ、わたしソーイングセット持ってるからまかせて」

意外に家庭的な女の子だなって思われ、そしてふたりは付き合うようになるはず……。

でも、結局わたしは、男子の制服の破れを一回たりとも縫ったことがなかったのだった。頼まれもしないのに、縫えるわけがないからである。

ただ、わたしのソーイングセットが、まったく役に立たなかったわけではない。

友達の彼氏の制服のボタンが取れたとき、ソーイングセットを友達に貸してあげたことがある。彼女は、大好きな自分の彼氏のために、わたしのソーイングセットを使ってチクチクとボタンを付けてあげていた。

そんな友達を見て、わたしだったらもっと上手に縫えるのになぁと思ったのだけれど、でも、わたしの彼氏じゃないのだから余計なお世話である。

休み時間、教室の隅で彼の制服のボタンを縫い付けている彼女は可憐《かれん》だった。わたしも、公衆の面前でボタン付けをして、自分のけなげさをアピールしてみたかった。

だけど、手遅れである。

制服のボタン付けや、ほころびを縫ってあげることはもうできない。それは、まぎれもない手遅れの青春である。

たとえば今後、打ち合わせ中の仕事先の男性のシャツが破れているのに気がついたとしても、そんなものは縫いたくないのである。というより、

「ソーイングセットあるから縫いましょうか？」

などとわたしが近寄っていこうものなら、薄気味悪いだけ……。

だから、もうソーイングセットなんか常備していても仕方がない。あんなものは、所詮《しょせん》、小娘たちが異性の気をひくための小道具なのだ、と意地悪く思ってしまう思考は、「憧れ」だらけの青春のたまものである。


手遅れのソーイングセット。

こぼれ落ちて行く「好きな芸能人」の話題。

なんだか失っていくものばかりのような気がするが、いや、まて、そんなこともなかろう？

ソーイングセットで釣れてしまう男の人には、大人になるにつれて興味がなくなっていったとも言えるし、好きな芸能人の話題が消えようとも、今のわたしには仲良しの男友達だっている。愛だの、恋だのを離れて付き合える男子も、それはそれでいいものだなぁと思える気持ちを、わたしは自然に収穫できていたのである。

青春、手遅れ

女友達との温泉旅行
明日から1泊2日
若い頃なら新品の化粧ポーチや
新品の歯みがきセット
新品のパジャマや
新品の下着など用意したものですが
月日が流れるにつれ、普段どおりになりました
充分、充分
着て行く服はちょっとおでかけ用ですが

旅行のために買ったりすることもなくなりました
おまたせ〜
そういえば、昔はホテルの部屋の備品にウキウキしたものです
リンス
かわいい〜
もらって帰ろ!!!
キャッ
キャッ
なんてね
結局、使わないんだけど……
フッ
だんだん身軽になってきたのかも
あ、でも備品にソーイングセットがあると、もらうかな?
どした?
ハハハ
別に

自転車にふたり乗り

スーパーでカートを押す姿が似合うようになってきたなぁと思う。

なにが、どう、というわけではないのだけれど、店内の鏡に映った自分の姿を見ると、「あ、似合ってる」と感じる。

「食べたいものも思い浮かばないな〜」

独り言をつぶやきつつ、厚揚げ豆腐なんかを手に取る。そして、ここではないどこかを眺めるような目つきで立ち尽くし、はたと現実にもどり、カートのカゴに商品を入れるその仕草。

似合っている。

どんどんそういう物腰《ものごし》が板につきはじめている。その似合った感じを確認したくて、スーパーで鏡ばかり見ているわたしなのである。

買ったトイレットペーパーを片手にぶら下げて街中を歩いている姿も、ものすごく様になってきたような気がしてならない。

もう少し前ならば、トイレットペーパーを買って帰るその姿は、

慣れない都会暮らしで頑張っている女性

みたいな感じだったけど（たぶん）、今は、まず、そういう空気感はない。単にトイレットペーパーがきれたから買いにきた人である。

馴染《なじ》んでいる。

同じことをしているだけなのに、ある線を境に、すべてが若者らしくなくなっているのだった。

10代の頃にぜひ一度やってみたいと憧れていたアレも、今のわたしがやれば意味が違ってくるんだろうなと思う。

彼の自転車にふたり乗り。

学生時代、制服姿の男女が、ふたり乗りして風をきっている姿を見かけるたびに、

ぜひ自分の青春の一ページに記したいと願っていた。

しかし、叶わなかった。叶わないまま、未成年が終了した。

20代の頃に、彼の自転車にふたり乗りすることはできたのだけれど、それでは「青春」として手遅れなのだ。キャッキャとはしゃいで自転車に乗せてもらったところで、はたから見れば、「無邪気」をアピールしつつ、結婚相手を物色している女そのもの……。所詮、20代、30代の無邪気さには黄色いシミがついているのだ。

まもなく40歳になろうとしているわたしが、今、男の人の自転車に乗せてもらったとしたなら?

あきらかに「体調が悪くて近所の病院に連れていってもらっている人」として世間からは見られるのであろう。ふたり乗りには、若さに意味があるのだった。

制服姿の男女が、どこに行くという目的もないまま自転車に乗りつづける放課後。たとえ、誰かにふたり乗りしていることを叱《しか》られたとしても、それもまた、筋書きの一部。自分たちの舞台に必要な「大人役」のキャストなのだ。

登り坂でも立ち漕ぎでつっきれる体力。

時間が無限にあると信じていた心。

今のわたしは、どちらも持ち合わせてはいない。そういうもの全部を、ふたり乗りの自転車に積んでいる10代のシルエットが眩《まばゆ》いのだった。羨ましいのだった。

だが、しかし。

ふたり乗りが似合わなくなったとしても、わたしは、スーパーのカートが似合う現在の自分がミジメとまでは思わないのである。

もっと若い頃は、スーパーで買い物をしていても、背伸びをしているようで照れくさかった。おばさんたちのテリトリーでは、まだまだ認められていない「新参者」の自分に気後れさえ感じていたものだ。

でも、もう、そんな心配はいらない。

青春から追い出されても、スーパーは両手を広げてわたしを受け入れてくれたのである。

青春、手遅れ

青春から追い出された
って、最近感じるのはどういう時だろう?
考えればいっぱいありそう…
フッ

「TSUTAYAでの試聴が浮いてきた」とか?
いや、それより歌番組に知らない人がいっぱい並んでいる
ってことのほうが「追い出され感」は強いか
バラエティショップの化粧品コーナーで
えーえー

アイシャドーとか
試しぬりするのも
浮いてきてるな〜
ぬり
ぬり
色の選び方も
昭和だし……
いや
むしろ
「家計の節約のため
外で化粧している
おばさん」として
世間からは
受け入れられて
いたりして
フッ
あ
そういえば、最近
受け入れられはじめた
分野もあるな
デパートの物産展の
民芸品売り場で
かわいい〜
くわしく説明して
もらえるようになって
きた
三代
つづいてる
お店のね
人間国宝が

あの頃の
わたしに
選ばせて
あげたかったネ
ハハハ

「わたしならこのチョコを
選ぶのになあ〜」と思いながら
ワゴンを見ていた17歳

バレンタイン

手作りチョコレート

学生時代に全然モテなかったという芸人さんたちが、テレビ番組で当時のバレンタインデー話をしていたのがおかしかった。

ある芸人さんは、バレンタインデー当日、ドキドキしながら学校の靴箱を開けているのを友達に目撃され、「もらえると思ってたんか！」と呆《あき》れられた思い出を語り、ある芸人さんは、誰にもチョコレートをもらえなかったことを家族に知られるのが嫌で、帰り道にチョコレートのアイスキャンデーを食べ、口の周りにチョコを付けて「もらったけど食べた」という演技をしたとか。

大爆笑しつつテレビを見ていたのだけれど、わたしもまた、モテない学生時代を過ごした身の上。彼らを笑いつつも、自分のことを棚にあげられぬと思っていたのだった。

考えてみれば、チョコレートをもらえなかった男子生徒は気の毒だけれど、むしろ、バレンタインデーというイベントに参加できなかった女生徒のほうが辛《つら》かったような気がする。

男子は2月14日に一喜一憂していればいいわけである。しかし、女子の場合はそうはいかないのだ。2月に入ったと同時に、なにかというと話題はバレンタインデー。好きな先輩にチョコレートを渡すか渡さないかで迷っている友や、彼氏にどんなチョコをプレゼントするか悩んでいる友。彼女たちのチョコレート談義を聞きつづけなければならないのが、モテない女子の役割。わたしにとって2月は試練の期間だった。

特に大騒ぎなのが、彼氏に手作りチョコを渡すと決めた子。手作りと言ったところで、板チョコを溶かしてハート型に流し入れただけの代物なのに、試作品を学校に持ってきては、

「ネ、食べてみて」

「どお？　おいしい？」

などと、心配そうな顔でわたしを見つめる。おいしいも何も、もとのチョコの味次

第なのでは……。

だけど、羨ましかった。

わたしにも、型に流しただけの「手作り」を喜んでくれる彼がいたらどんなに自慢だろうと憧れていた。

でも、思うとおりにはならなかった。

わたしは手作りチョコレートを作らぬまま、大人になってしまったのだった。

だから、手作りチョコを渡した青春がある同世代の人には、いつまでたっても敗北を感じるのである。たとえその人が、今のわたしより老けて見えたり、おばちゃんっぽくなっていたとしても……。

大人になって彼氏ができた頃には、すでに手作りチョコは手遅れだった。時代は高級チョコレート志向。しつこく手作りにこだわっていると「家庭的」を売りにしてガツついている女みたいに思われかねない。手作りチョコなどというファンシーな世界は、制服姿の女子の特権なのである。

いいじゃない手作りチョコ、今からでも遅くないよ！

という意見にはまっこうから反対したい。

誰が、39歳の女の手作りチョコを飛び上がって喜ぶでしょう？　子供のために作ってあげるなら微笑《ほほえ》ましいけれど、大人の男に、手作りチョコを差し出したところで、怖がられるか、「節約」と推測されるのがオチである。


おこづかいから絞り出したお金で材料やラッピンググッズを買い、夜中までかかって作るバレンタインデーのチョコレート。2月14日の放課後、北風吹く公園でそれを彼氏に手渡すと、その場で「おいしい」って食べてくれたんだ！　そんな恋のエピソードが、わたしは欲しいのである。自分の青春に加えたいのである。大人になった今、振り返って、そーっと噛《か》み締めたいのである。

しかし、時は過ぎてしまった。10代の思い出を作り替えることはできない。現実のわたしは、手作りチョコをまったく期待されない年齢になってしまっているのである。

バレンタインデーそのものが、少しずつ遠い存在になってきている気がする。やがて、ハロウィンと同じくらい、盛り上げ方がわからないお祭りになっていくんだろう。

底冷えする夜の花見に腰が重くなってきた。夏の海水浴にワクワクしなくなってずいぶんたつ。バーベキューの後片付けを思うと全然行きたくない。クリスマスツリーの飾り付けは何もしなくなった。

年間のイベントごとがパラパラとこぼれ落ちているこの感じ。それは、とっても淋しいことなのだけれど、でも、でも、身軽になって楽だな〜と思う心がどこかにあるのも嘘ではないのだった。

まだまだ宙ぶらりんなわたしは、今年も彼へのチョコレート（半分は自分が食べる）を買いにデパートに行くんだと思う。現役感をアピール（誰に対して？）しつつ、試食などもするのだろう。そして、チョコレート選びに必死になっている若い女の子たちの肌艶《はだつや》を見て、ちょっぴり元気をなくして家路につくはずである。

青春、手遅れ

最近はバレンタインのチョコレートを
自分のために買う女性が増えているって
テレビでやっていたけど
その感じに、乗っかれないわたしがいるのは
どうしてだろう？
うーん
楽しそうとは思うんだけど
うーん
どうも違うんだよな

あ
あのバレンタインデーの淋しさが
そーそー
ムダになってしまうような……
フッ
そんなことがアリになったら
手遅れだらけのモテないわたしの青春もまた、
若き日のわたしの
なんか
愛《いと》しくもあったりしてね～

第2ボタンをもらう

今となっては懐かしい日々なのだった。

あぶら取り紙をペタペタと顔にあてていたあの頃が……。

1日に何枚くらい使っていただろう？　朝昼晩、各3枚ずつとして計9枚。あのあぶらを集めれば、年に1個は石鹸《せっけん》が作れていたような気がする。湯水のように次から次からあぶらが湧き出ていたのに、いつの間にかわたしの肌はかさつき始めている。わたしはあぶら取り紙から卒業証書を渡されてしまった、あぶらOBなのである。

というわけで、卒業のシーズンなのだった。

長かった学生生活の中で、卒業式の思い出の中に男の影がまったくないというのはいかがなものか？

中学の卒業式は冷たい雨で、終わったら震えながら帰宅しただけだった。高校の卒業式は、帰りに女友達5人と「餃子の王将」で餃子を食べ、その後アルバイトに行ったような気がする。

自分の卒業式ではなく、好きな先輩が卒業していくことで涙を流した記憶もない。

「もう先輩には会えないんだなぁ」

夜、布団に入って悲しくなったことくらいはあると思うけれど、泣きじゃくって友達になぐさめられるような派手な経験もなく、まして、先輩に最後の告白をしようと考えたことすらなかった。

先輩の制服の第2ボタンをもらいにいくらしい、と噂になっている同級生のことを、マンガの世界のできごとのように思っていた。妄想はしたけれど、実行に移したいと考えたことなんか一度もなかった。

そういうのは、かわいい女の子でなければならないと信じていたから。

そして、今も、なんとなくそう思っている。

自分と同じ程度だよな〜と思う女性が、そこそこカッコいい男性と付き合っていたりすると、わたしは妙に腹が立ってくるのだった。よくもまぁ、いけしゃーしゃーとそんな男と付き合っちゃって、と思う。そして、カッコいい男のほうにも「もっと他にいただろうが！」とイラっとしてしまう。第2ボタンをもらう資格がないと思っていた10代の自分自身が愛おしすぎて、辻褄《つじつま》のあわないカップルを受け入れたくないのだろう。

だいたい、カッコいい男に、「人は容姿より性格が一番大事だョ」とアピールされると、口説《くど》かれなかったわたしは自分の性格までもが美しくない、ネジまがっていると宣告されているようでムッとする。ムッとするのだけれど、こういうことを書いている時点でネジまがっているような気がしないでもないのであった……。

好きな人の制服の第2ボタン。

もらった女の子たちは、いつかそれを捨てるのだろうか？　結婚した後も、ずーっと実家の思い出の箱にしまっておくのだろうか。

もし、わたしが第2ボタンをもらった女の子だったら、きっと死ぬまでとっておくと思う。確かにそういう青春があったという、その証拠として残しておくだろう。わざとよく見えるところに置いておき、家に来た友達に「なに、これ？」と質問させるように仕向けるかもしれない。

もらえなかった第2ボタン。

もらえるわけがないと疑わなかったあの頃のわたし。

よくよく考えると、わたしはガクランのボタンの裏側がどうなっているのか、いまだにわからない。息子どころか子供もいないので、この先、ガクランのボタンの仕組みを知らないままなのだ。

でも、それでいいとも思う。

それでいいと思った。第2ボタンを知らないままのわたし以外のわたしは、やっぱりちょっと嫌なのだと思う。そして、ボタンをくださいと言えなかったわたしを、好きになってくれた人たちもいたのである。それでいい。ただ、顔のあぶらは、もう少しあったほうがいい気はするけれど。

青春、手遅れ

女子高生って
女子高生というだけで勝ち誇っている
キャッ
キャッ
そこがいいなって思う
アハハハ
かわいいな

迷惑もかえりみず盛り上がっていても
ギャハハ
ギャーッ
存分にやりたまえと思ってしまうわたし
べつに
あれくらいは
うん

この先、社会に出て
年齢を重ねるようになっていくと
早いよ〜
美人じゃない人が
2人に告白されて
美人
そうでもない
美人と同じようにふるまうことに対して
わたしもよくある
世間って冷たいもんだし……
張り合うなっつーの
ピューーッ
女子高生という、ひとつのブランドであるときこそ
容姿に関係なくキャピキャピするチャンスなのでは？
だからわたしは彼女たちに寛大なのだと思います
なんてね〜

制服男子と立ち話をする

「赤毛のアン」のラストで、アンとギルバートが、時間も忘れて表で立ち話をするというエピソードがある。恋のはじまりを予感させる、さわやかなシーンだ。

帰るのが惜《お》しくて、いつまでも好きな人と立ち話をする。

この先のわたしの人生に、こういう状況はもうないんだろうな〜、と思うと、小寂しいのだった。

いや、別にないとは限らない。あるかもしれない。でも、アンとギルバートみたいに、ひいては、高校生たちのように初々《ういうい》しいはずがない。中年の男女が長々と立ち話している姿など、ステキでもなんでもない。見ている人になんの感動も与えられないであろうことが、しんみりするのである。

高校の帰り道。

名残惜しそうに、いつも恋人と立ち話をしている同級生たちがいた。

それは、校門の近くだったり、駅前の植え込みのあたりだったり、堤防の分かれ道だったり。

彼らは、暑さ寒さに関係なく、いろんな場所で立ち話をしていた。わざと、人に見えるところで。

どんな話をしているのだろう？

気になって仕方がなかった。

学校でのできごとを男子と話したことがないから、よくわからなかった。

自転車で彼らのそばを通り過ぎながら、
わたしの人生の主役は、わたしではないのではないか？

などと、思ったものだった。そして、制服の男子との立ち話を経験しないまま、若かりし日は終わってしまったのだった。

終わるといえば、今、まさに終わりかけているものがある。

友達の結婚パーティが終わりかけなのだった。

いや、終了したのかもしれない。わからない。でも、当分、招待状が届かない雰囲気が漂っている。

出席する機会がなくなってみれば、結婚パーティというのは、とっても楽しいものだったような気がしてならない。

美容室で髪をセットしてもらい、その日のために買ったワンピースに、ヒールのある靴と、下ろしたてのパンスト。パーティ用のバッグにはカメラが入りきらず、たいてい小さな紙袋を別に持って行ってたんだよなぁ、などと、すでに、かなり、懐かしい。

いつもと違う洋服で家を出るときの、あの浮き立った気分を、もう二度と味わえないとしたら残念だった。

新郎側の友人席に、素敵な人がいないかな。

そんなことを考えつつ、新婦側のテーブルで、女友達としおらしく歓談しているときの自分が好きだった。ここ数年では、新郎新婦もわたしと同じく中年間近だから、その友達といえば、ほぼ既婚者ばかり。だから、ドキドキするような雰囲気は減っているのだけれど、それでも、結婚パーティというのは、着飾っている「自分自身」で楽しめるものなのだった。

あと、一度か二度くらいはあるだろうか？

親戚《しんせき》の子の結婚式なんかじゃなく、同世代の友達の結婚パーティの円卓に座る機会が、わたしにまだ残されているだろうか？

もし、残っているとしたら、

「これが最後かもしれないんだぞ！」

という熱い気持ちで出席しようと思っている。

アンとギルバートのような初々しい立ち話はとっくに手遅れだけど、まだ、最後の結婚パーティはあきらめていない。

着物にしようか？

それとも、初心に戻って、もう一度、ひらひらしたワンピースを買おうか？

友達の結婚式に招待されても、友達がわたしの人生の主役になる瞬間はない。わたしの人生の主役は、どんなときも、やっぱりわたししかいないのだ。そう思えている40歳の春である。

青春、手遅れ

普通に生活していたら
パーティなんてあるわけないのだった
フッ
友達とお茶しているときに、
あ～ドレスとか着たいな
わかる～

誰か結婚パーティやらないかな～
そーそー大きなホテルとかでね～
思いきりオシャレしてお出かけしたーい
などと、時々、盛り上がる
やっぱり結婚パーティはいいよね
お金かかるけどね

そして、いざ、
結婚パーティがあると
そろそろ
新郎新婦に
あいさつ行くか？
お色直しの後って
混んでるし
後半は
新郎も酔っぱらって
くるしね～
後半といえば、
デザートバイキングで
忙しいし……
フッ
そろそろ
新郎新婦の
席に
あいさつ
行く？
そうだね
ぞろぞろ
みょ～に場慣れして
いる自分たちに
初々しさって、いつ
消えたんだろう？
と思ったり……
フッ

タコさんウィンナーを作る

彼氏と遊園地に行ったことはある。

10代のときに行けなかったことが、心残りなのである。

若さゆえの、つたない手作り弁当。タコさんウィンナーだとか、リンゴのうさぎだとか。味としては、どうということもないおかずを詰め込んだ、そんなお弁当を、彼氏のために作ってみたかった。

そして、そんなお弁当作りを、わたしは、わたしの母に手伝ってもらいたかったなぁとも思う。

「この子も、彼氏にお弁当を作ってあげるくらい、大きくなったのねェ」

娘を育てているという実感を、母に味わわせてやりたかったものだ。

10代の女の子が、近い将来、絶対に別れるであろう若い男のために、純情をささげている。そんな姿を見れば、母の胸をキュンとさせられたに違いない。

大人になって、彼氏とのデートでお弁当を作ったこともあるのだけれど、台所で苦戦しているわたしを見て、母は言った。

「普段から、なんにもしてへん証拠や」

10代の頃なら、微笑ましかったであろう娘のお弁当作りも、大人になってしまえば「手際が悪い」と呆れられるばかり。

「作っといてあげるから、あんた、早よ、用意してきなさい」

などと、台所から追い出され、結局、母が作ったお弁当を彼氏に食べさせていたわたし。

そういえば、母に確認されたっけなぁ。

「ウィンナー、タコとかにせんでええの？」

って……。

タコにしてもらったのか、辞退したのかは忘れたけれど、自慢できる思い出じゃないことだけは、確かである。

うーんと若い頃に、遊園地でデートしたかった。

遊園地のワゴンで売っている風船。

彼に買ってもらって、遊園地の中を、得意げな顔で歩いてみたかった。若いから似合う風船という小道具を手に。

今のわたしだって、風船は似合わなくはないと思う。

ただ、似合い方が違うのだ。それは、子供の風船を預かっている母親の図である。

似合うと言えば、最近、似合う服を探すのに、ひどく疲れるようになってきたのだった。

デパートに行っても、ヤングフロアの洋服屋さんには、もう足を踏み入れられない。キャリアウーマン向け、みたいなフロアをうろうろするものの、どの店が自分を受け入れてくれるのか、判断する力が弱まっている気がする。

そして、勇気を出して入店してみても、店員さんの態度（というか、目つき）で、

「しまった、ここ、わたし、呼ばれてない！」

と気づくこともしばしば。

昔は、「良かったら試着してくださいね〜」って言われていたのに、最近は、店員さんに、よくこう言われている。

「これ、今、売れてるんですよ」

売れている服がいいんですよね？　という明らかなオバサン扱い……。わたしの被害妄想なのでしょうか？

今のわたしが、きれいに見える服って、どれなんだろう？

10年後のわたしが、「40代に、もっと、こういうのを着ておけば良かった」って、思わないようにするには、今、何を買いに行けば？

ウィンナーのタコは、とっくに逃げていってしまったけれど、わたしの40代は、やってきたばかり。

服なんか、もう、なんでもいいやって思わずに、あたふた困ってみるのが、40代なりの青春なのかもしれない。

青春、手遅れ

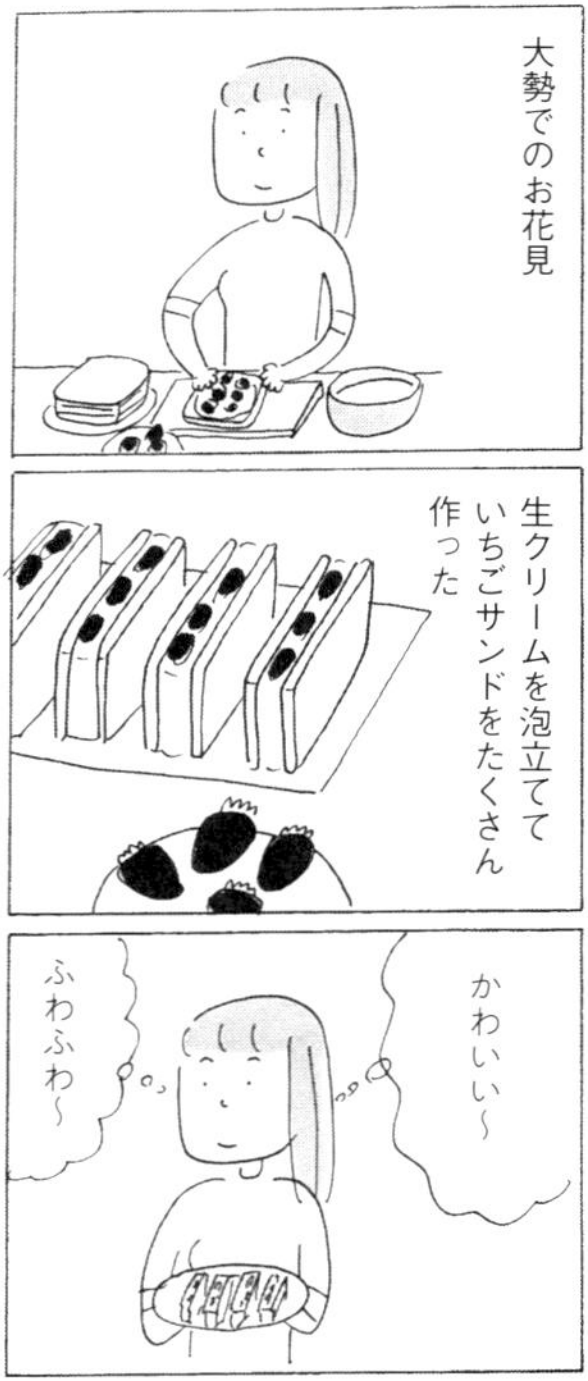

大勢でのお花見
生クリームを泡立てていちごサンドをたくさん作った
かわいい〜
ふわふわ〜

もう少し若い頃はこうゆうことができなかった
「女子力」を
アピールしてると思われる！
って気がして、わざとコロッケとか買ったりしていた

でも今は、自分が
食べたい物のほうが
大事かも……
いちごサンド
いちごサンド
しかも、もう誰も
そんな風に
見ないっつーの
フッ
お花見中は、紫外線が
気になるので、
ツバが広いUVカットの
帽子（ダサい）
よっ
遠慮せず
もりもり食べる
もぐ
もぐ
変な姿勢は腰を
悪くするので
最後はあぐら（おいおい）
遠くまで
やってきたな〜
わたし
もぐ
もぐ

夏休みにプールでデート

ゴールデンウィークが終われば、デパートにも水着コーナーがどんどん増えてくる。色とりどりできれいだなぁ。

まるで花壇の花を眺めるような気分で、わたしは毎年、その前を通りすぎるのである。

そして思い知るのだった。

夏休みに、彼とプールに行ったことがない自分の青春時代を……。

高校時代の長い長い夏休みに、同級生の彼と電車に乗ってちょっと大きなプールに行く。そこには流れるプールや、波のプール、人気の滑り台なんかがあって、一日中、いちゃいちゃできるのだ。安物のビーチボールを投げあったり、ソフトクリームを食べたり。思う存分、彼と遊んだあとに、また電車に乗って帰るという青っぽい感じ。

羨ましい。

やってみたかった。

大人になって、デートでプールに行ったことはあるけれど、車で始まって、車で終わるデートでは、さわやかな青春の風が吹き込んではこないのだった。

高校生の彼とプールに行った帰りの、電車の中のけだるい疲れを味わってみたかった。彼に寄り掛かり、居眠り（演技）をしているわたしを、車内の観客に見てもらいたかった。あの娘は今、青春まっただ中なのだなと、優しく微笑まれてみたかった。

わたしは、一度もビキニという姿になったことがなかった。そういう時代だったのだ。プールや海に遊びに行って、ビキニを着ている友達などいなかった。かならず、下半身には、ひらひらしたスカートとか、巻き付ける布みたいなのを着用していた。ワンピースと言われる、自分の短足が目立つ水着を着ていた頃もあったけど、ビキニは、スタイルに自信がある大人の女性が着用するものだと思っていたから、「精神的」に着てみようと考えたこともなかった。

だけど、「肉体的」に無理になってきた今、一度くらいは着てみたかったなぁ、若々しいビキニ姿を見せびらかしてみたかったなぁ、などと、考えるようになっていたのである。

近ごろのデパートの水着売り場には、ビキニもいっぱいある。そうなのか、ビキニを着る子がたくさんいるのかとびっくりしてしまう。なのに、わたしには、もうビキニは手遅れの産物……。

しかし、手遅れにならなかったのである！

最近、わたしはビキニになったのだ。チャンスが舞い降りてきたのである。

40歳になった記念に、同じく40歳の女友達とふたりで国内旅行をしたのだが、泊まったホテルには海が見えるステキなプールがあった。

朝、友達はゆっくり寝ていたので、わたしはひとりでプールに行った。プールには誰もいなかった。次の日もひとりで早朝プールに行ったら、誰もいない。3日目の朝、もし、誰もお客がいなかったら、ビキニになってみよう！　そう決心してプールに行くと、やっぱり誰もいなかった。

わたしは、3セットになっている水着のうちのショートパンツを脱ぎ、晴れてビキニ姿になった。なんともいえぬ、解放感である。プールサイドにある鏡で、恐る恐る自分のビキニ姿を確認してみる。

そんなに悪くないのではないか？

いや、まだイケていると言ってもいい。

比較する人がいないので、どんどん大丈夫な気になってきた。ビキニでプールに入ってみれば、下半身がスカスカするけれど、思っていた以上に動きやすい。

そうかぁ、これがビキニというものか。

わたしはひとり、ビキニを満喫していたのだけれど……突然、途中から若い女の子のふたり組がやってきたのだった。

わたしは、彼女たちのビキニ姿を見て怖《お》じ気《け》づいてしまった。そして、プールから出るに出られず、どうしたものかと思っていたけれど、お腹《なか》も減ってきたし、仕方なくプールからあがった。そして、急いでバスローブを羽織ってその場から退散したのだった。

女の子たちに、自分のビキニ姿を見られるのが恥ずかしいという気持ちは1割くらい。残りの9割は、ビキニにそなえて、なんの処理もしていなかった自分の下半身への不安で占められていたのであった。

青春、手遅れ

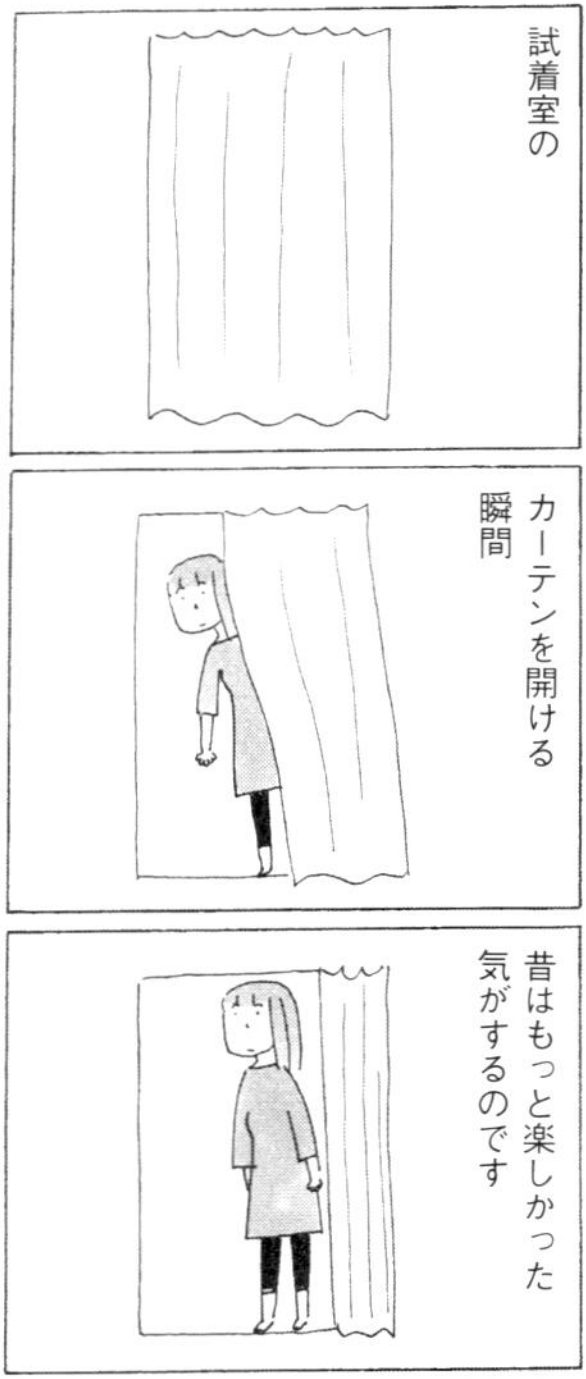
試着室の
カーテンを開ける
瞬間
昔はもっと楽しかった
気がするのです

だけど、今は、さほど
楽しくないのでした
なんというか、
「あっ」これ似合う！
という感動がないのです
お似合いですよ

と言われ
でも、なんか顔がくすんで見えません？
などと、感じたままを言うのですが、
見えませんヨ
くすんで見えるんじゃなくて、
くすんでんだよ、あたし!!
うつろな気持ちになるのでした
フッ
すごく大人っぽく見えますよ
いつを境に「若々しく見える」になるのか怖い

調理実習の差し入れ

びっくりしたのである。
思ってもみないことで、最近、すごく人に誉《ほ》められるようになったからだ。
首、である。
同じお年頃の友達数人でごはんを食べていたときに、
「ミリちゃん、首、きれい！」
みんなに言われてびっくりした。
え？　首？
首って、首？
わたしは驚いて聞き返した。
シワがなくて、つるつるしている。みんなが口をそろえて言うのだ。

また、あるとき、新刊の取材を受けていたときにも言われた。

「ミリさん、首、きれいですね」

じっくり鏡で見てみれば、きれいなのである。白くてシワもない。誉められるまで、まったく気がつかなかった。

そして、思ったのだ。

ああ、歳をとったのだなぁと。

首なんて、若い頃はみんなシワもなくきれいなのである。きれいで当たり前だから、友達同士で誉めあう対象にもならなかった。

なのに、40歳ともなると、首がきれいなことは羨ましい対象になっていたりする。

もう少ししたら、さらにいろんな誉め方が加わってくるのだろう。たとえば、髪にボリュームがあるね！　とか、爪の色が健康的だね！　とか？

変化する「羨ましがる」ポイントについて考える日々である。

さて、あの光景を思い出すたびに、わたしは今でも羨ましかったなぁと懐かしい。

高校の調理実習の授業。

今は知らないが、わたしの頃は、家庭科は女子にしかない科目だった。男子は同じ時間に体育の授業を受けていた。別になんとも感じなかった。そういうものだと思っていた。

特に、調理実習の授業のときは、

「ええなぁ、女子はうまいもん食べられて」

などと、男子たちも、指をくわえていた。わたしは、そんな男子の声を耳にして、まったく本当だ、体育なんてやりたくない、調理実習のある女に生まれて良かったと得意になっていたのである。

調理実習で作った料理は、ほとんど記憶にないのだけれど、焼きリンゴのことはよく覚えている。芯を抜いたリンゴをオーブンに丸ごと入れて焼くというデザートで、甘い味付けだったから、砂糖をかけながら焼いたのだろう。とても美味しかった。

でも、その美味しさを知らない女子もいたのだ。

作った焼きリンゴを、自分の彼氏に食べさせた子である。

体操服に着替えた男子が、グラウンドに向かう途中、家庭科室の窓をのぞいて言う。

「あとでなんか食わしてくれ」

自分の彼女がこれから調理実習ということを知っている一部の男子が、そう声をかけて行くのだ。

彼氏に頼まれた女の子は嬉しそうだった。そして、出来上がった熱々の焼きリンゴをその女子は自分では食べず、彼氏のためにラップをして取っておいてあげるのだ。

体育の授業が終わった男子たちは、いい匂いがただよっている家庭科室の前をぞろぞろと歩いていく。

ほとんどの男子が素通りしていく中、何人かの男子は、自分の彼女に声をかける。たとえば、「早く、食わして」とか、「あとで持ってきて」とか。

その強引な感じが、もう、わたしにはシビれるくらいカッコ良く思えたのだった。

焼きリンゴを彼氏に取っておいてあげる女の子になるためには、自分はどこからやり直せばいいのだろう？

わたしは思った。でも、わからなかった。

わたしは、彼氏のために、自分の焼きリンゴをささげている女子が羨ましかった。校舎の非常階段で、彼氏が焼きリンゴを食べる姿を、隣に座って見つめたかった。

そして、その見つめているわたしを、自分の女友達に「いいなぁ」と妬《ねた》まれたかったのだった。

だけど、手遅れである。調理実習は、もう行われない。高校を卒業したのは、20年も昔のことなのである。今は、料理本を見れば、ある程度のものが作れてしまう大人なのである。

そして、思う。

今のわたしは、美味しそうな焼きリンゴを、全部、彼にささげるような人生では嫌なのだった。

美味しそうなものがあれば、ふたりでぱっきり分けて食べるのがいい。場合によっては、こっそりひとりで食べるのもアリだ。

彼を残し、女同士で美味しいものを食べに出かけるのも楽しいし、出かけるときに、

「ね、行ってきてもいい？」

って問わなければならないようなわたしの人生では嫌なのだった。

若い頃は、いつか、料理で男にモテようと企んでいた。その計画は叶わなかった。叶わなくて良かったなぁと思うのである。

青春、手遅れ

最近、
気づいたのでした
丸えりのブラウスが似合わなくなったということに……
うっ

あとは、
ストラップ付きのくつとか
はーっ
他にも気づいてないことがありそう
フッ
いや、まて

逆に似合ってきた
ものもあるはず
荷物を両手に持つ
スタイルとか
なじむ〜
空いている席に
座る時の会釈とか
ひょい
イスに座って
カバンをひざに置く
感じとか
ちょん
若い頃は今ひとつ
似合ってなかったけど
しっくりしてきた
だから？
だから何というわけじゃ
ないけど、少しだけ
楽しいのでした
ふふ

お姫さまだっこ

一度もされたことがないのだった。

お姫さまだっこ、である。

こんなことになるとは思ってもいなかった。今でも信じられない。小さい頃から、ずーっと、男の人にお姫さまだっこをされるその日を夢見ていたというのに、結局、機会に恵まれないまま、今に至っているのである。

それにしても、わからない。

お姫さまだっこをしてもらった経験がある女子は、どういうタイミングでそんな状況になったのだろう？

彼氏とふたりきりになったときに、突然、ひょいっと抱きかかえられたのだろうか？

それとも、「ねぇ、お姫さまだっこして」って、おねだりしたのだろうか？

わからない。わたしには、わからないのだった。

などと、飲み会の席でわたしが言おうものなら、

「ミリちゃん、今からでも手遅れじゃないよ」

って、言ってくれる心優しい人もいるのだけれど、いやいやいやいや、手遅れなのである。今、お姫さまだっこをされたとしても、それが素敵な光景とは絶対に思えない。お姫さまだっこは、お姫さまにふさわしい年齢の人のためのものなのだから、今さら、やってもらいたくもないのだった。

学生時代。

お姫さまだっこは、意外に身近にある光景だった。

真夏の太陽の下での朝礼。

ふらふらと貧血で倒れる女の子がいたものである。

そして、男の若い体育の先生に抱きかかえられ、保健室に連れて行かれる彼女たちの姿を見て、ロマンチックだなぁと思っていたわたし（おいおい）。

または、放課後のバスケットボール部の練習。

熱気のこもる体育館は、貧血には「もってこい」の過酷な場所だった。わたしは、いつも想像していた。

今、ここでわたしが倒れたら、誰が保健室まで運んでくれるのだろう？

男子バスケ部には、カッコいい先輩が何人もいたので、あの人かなぁ、この人かなぁと夢を膨らませていたものだった。

だけど、わたしは、自分が倒れたところで、いまひとつパッとしないということくらいは自覚していたのだった。

練習中に貧血で倒れて様になるには、やはり、活躍している子でなければ……。

わたしはずーっと補欠だったので、レギュラーの子たちに比べれば、応援にまわっている時間のほうが断然、長かった。そんなわたしが、ふらふら倒れたところで、

「補欠の上に貧血かよ！」

呆れられるに決まっている。わたしは、どんなことがあっても、貧血で倒れてはいけないと肝に銘じていたのである。

一度でいいから、若い体育の先生や、カッコいい先輩に、お姫さまだっこをされて

みたかった。男の人の胸の中で、ぐったりしている自分の「かよわさ」をアピールしたかった。

誰にたいして？

もちろん、周囲にいる多くの男子たちにである。

そして、あの子を守ってあげたい、って思ってもらいたかった。弱いわたしを守ってくれる男子に出会いたかった。宝物みたいに大切にされたいって、本気で思っていたのである。

しかし、そういうイベントがないまま、わたしは大人になってしまった。

無念である。

無念ではあるのだけれど、良かったこともある。

今のわたしは、スーパーの帰り道に荷物を持ってくれるような男性にさえ感動してしまう。労《いたわ》られているんだなぁと、とっても嬉しい。

お姫さまだっこは手遅れだけれど、スーパーの袋を持ってもらえるような出来事には、いつまでもウキウキできるわたし。こっちのほうが、長くお得なのかもしれないなぁ、なんて思うのは、一度もお姫さまになれなかった負け惜しみになるのでしょうか。

青春、手遅れ

若かったわたしは
思いました
貧血で倒れて
先輩に「お姫さまだっこ」
されたとしたら……
こういうのは
OKだけど

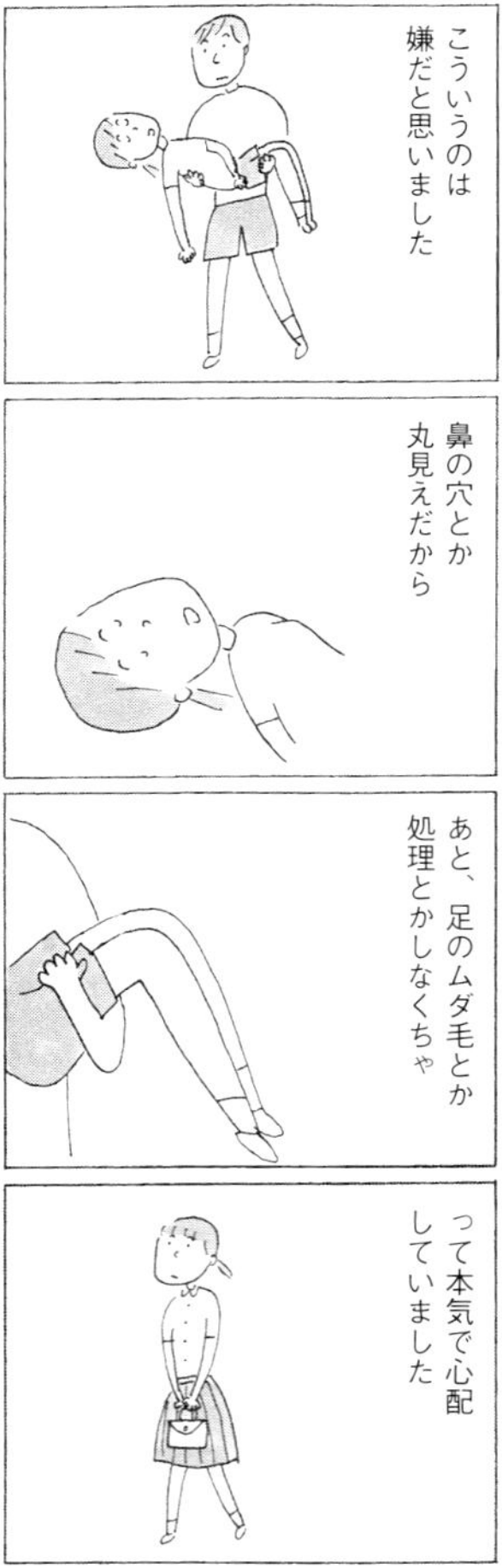

こういうのは
嫌だと思いました
鼻の穴とか
丸見えだから
あと、足のムダ毛とか
処理とかしなくちゃ
って本気で心配
していました

そういえば、「おんぶ」
にも憧れました
人気があるから
今のわたし
この手のシーンって
テレビドラマの
定番なんですかね〜
定番といえば
こういうシーンも
多くないですか？
これって、なんか
カン違いって気が！
パシッ
わたしのこと
こんなに思って
くれてたなんて
ポカーン
シバかれて
このセリフって
アホちゃうかって
思いませんか？
こういうのを
いつまでも採用
してる側も、
どうかと思います
ハハハ

ふたり乗り下校も
いいけど、自転車を
押しながらデートも
いいなと思って
ました

女の子の
自転車を
押してあげてるのも
いいし〜

ふたりで観覧車

観覧車の中で「ファーストキス」をした、という過去を自分が持っていたなら、どんなに振り返り甲斐《がい》があることだろうと思う。

わたしが高校生だった頃、初めてのデートといえば遊園地が定番だった。彼とデートしてきたという友達の話を聞くたびに、いいなぁ、楽しそうだなぁ、チューとかしてきたのかなぁと指をくわえていた。当時のわたしは、とにかく、ファーストキスそのものに、ものすごい憧れを抱《いだ》いていたものだった。

それは、ステキなシーンで行わなければならないものと信じていた。その思い出さえあれば生きていけるくらいに、美しいファーストキスでなければいけないと信じていた。

だから、いつも、妄想していた。ファーストキスまでの流れを……。

ジェットコースターや、お化け屋敷などでさんざん盛り上がった遊園地デート。しめは、もちろん観覧車に決まっている。

わたしは、彼とふたりっきりで観覧車に乗り込み、暮れゆく空にどんどん昇っていく。その「彼」というのは、実在の人物であったり、実在しない百点満点の男であったりいろいろだったのだけれど、妄想上、わたしたちはいつだって相思《そうし》相愛《そうあい》だった。狭い観覧車の中。最初は向かい合わせに座っていたはずなのに、頂上に近づくにつれて、彼がさりげなくわたしの隣に移動してくる。

わたしは、ドキドキする。チューされるかもしれないからだ。やがて、一番高いところに到達したとき、彼がわたしの頬《ほお》にそおっと手を伸ばし、優しく優しく、初めてのチューをするのだ！

わたしは、この夢のようなシーンを、何度も何度も脳内ビデオで再生しつづけ、ついにはビデオテープが伸びてしまうくらい見ていたのだった。

しかし、この妄想は1ミリたりとも現実にならぬまま、わたしの学生生活は終了してしまった。観覧車でのファーストキスを経験することがないまま、今に至っている。

ちなみに、実際のファーストキスといえば、さほどロマンチックでもなく、「車の中」

というありきたりなもので終わってしまっている。

車などという大人のメカではなく、わたしは、観覧車というどこにも行かない乗り物の中で行われるファーストキスの思い出が欲しかったのである。

観覧車の中でのかわいらしいファーストキス。

いまだ憧れつづけている乙女なわたしである。


とはいえ、いくらわたしが乙女な気持ちを心に宿していようとも、それが外見にあらわれることは、もうないのだった。外見は、単なる中年である。

そういえば、つい先日、何年かぶりに、ふらっとフリーマーケットに行ったときのこと。

大勢の若者たちが、それぞれ、服や小物を並べて売っていたのだけれど、夕方になってくると、どの店の子たちも、値段を下げ始め、

「全部、100円でーす」

なんて値引き合戦が行われていた。

20歳前後の女の子ふたりが出店しているお店の前を通ったとき、

「これ、100円でいいです。50円でもいいですけど、どうですか？」

呼び止められた。

どれどれ。立ち止まって、その子たちの古着であろう商品を手に取って見てみた。

「これなんか、おすすめです！」

彼女たちはミッキーマウスのTシャツを広げ、わたしに見せてくれた。色はピンク。さすがにちょっと若すぎるかなぁと思いつつ、まぁ、たまにはこういうのを着てもいいのかもネ！　などと思案していたら、彼女たちはこう言ったのだ。

「娘さん、何歳ですか？」

わたしは思わず絶句してしまった。

そう。わたしの姿は、娘の服を選んでいるお母さんとして、彼女たちには映っていたのだった。

いや、それでもいいのである。わたしに娘がいたって、ちっともおかしくない年齢なのだから。だけど、だけど、それにしては、そのミッキーマウスのTシャツ、大きすぎないだろうか？　それって、女子高生が着てちょうどいいサイズだと思うんだけど……。

わたしは、なんと答えてよいかわからず、

「あの、うちの娘、まだ幼稚園だから……」

などと、わけのわからない見栄を張り、会場を後にしたのだった。


渋谷の街を歩きながら、わたしは、すれ違う人々にインタビューしてみたかった。

わたし、何歳に見えます？

いつまでたっても、自分の年齢が信じられない。40歳のくせに、なぜか35歳くらいの感覚でいるから、35歳の人としゃべっていると、勝手に同級生みたいに思ってしまっている。まったく、図々しい話だ。

みんな、そういうものなのだろうか？

いつか本当の年齢に、わたしの心が追いつく日はくるのだろうか？　なんとなく、一生追いつけないような気もするのである。

青春、手遅れ

そういえば
「結婚は?」「子供は?」とかって
もう言われなくなってるな～
フッ

いや、
ある意味
言われてるか
プラネタリウム
たとえば、平日のプラネタリウムにひとりで行ったとき
ぞろぞろ
ぞろ

係の人に言われました
お子さんは?
は?
お子さん
暗いからちゃんと手つないで下さいね
いることになってんのか〜
ポカーン
はい、わかりました
てきとー
不思議だな〜
自分はなんにも変わってないと思ってるのに
動く歩道の上にいるみたい
ふふふ

男子と一緒に勉強をする

男子と勉強をしたことが一度もないわたしである。

もちろん、教室で共に机を並べて学んだことはあるわけだけれど、プライベートタイムに、仲良く勉強をした経験がないのだった。

そういうことをしてみたかったなぁ。

勉強という名のもとで、いちゃいちゃしたかった、という意味なのだけれど……。

いちゃいちゃといっても、肉体的にという意味じゃない。

たとえば、放課後のドーナツショップ。わたしは、勉強を教えてもらうという名目で、好きな男子と向かい合わせで宿題をするのである。ふたりきりで。

わからないところを質問する。すると、彼が「どこ？」なんて言って、わたしのノートを覗《のぞ》き込み、わたしたちの距離はググっと急接近。今よりう〜んとキューティクルが整っていたわたしのさらさらの髪が揺れて、彼はわたしのことを意識してドキドキするのだ。

その、ぎこちない空気の中にこそ、「青春」というものが存在していたのではないか？

そういうことを経験していないぶん、なんとなく足りていない気持ちにさせられてしまう。


性の世界に、まだ足を踏み入れていなかったあの頃。なにが、どうして、どうなるのかわかっていなかった。おかしな情報が、同じ奥手な女友達との間で飛び交っていた。

初体験のとき、あまりの痛さで泣き叫ぶ子がいるんだって！

そんなことを吹き込まれると、「自分のときは大丈夫だろうか？」と不安になった。

高校の授業中、仲良しグループの女の子たちからまわってくる手紙に描かれてあった男性性器のらくがき。

毛が生えている場所を、わたしたちは完全に勘違いしていた。

「あんなところに毛が生えていて、気持ち悪くないのだろうか……」

わたしは心配でならなかった。

そんなわからないことだらけの時代に、同じく、わからないことだらけのことで頭がいっぱいであろう男子と、放課後、宿題をやってみたかった。たくさんの妄想の中で、ドギマギしながらノートを広げて向き合ってみたかった。

クラスメイトの男子たちが、どんな話をしているのかわからなかった。どんな雑誌を読んで、どんなマンガを読み、どんな音楽を聴いているのか。男兄弟がいないわたしには謎だらけ。

だから、休み時間に男子たちとふざけてじゃれあっている女の子のことがまぶしかった。まぶしすぎて、そういう子たちのことが、ちょっと嫌いだった。

今でも男性と話すとき、自分の自意識が膨れ上がってしまうことがたまにある。そういうところを克服したいと思いつづけて、すでに40歳。なんか、ちょっと、いい加減うっとうしい感じがする……。

男子といえば、数カ月前、忌野清志郎《いまわのきよしろう》さんが亡くなったとニュースで見たとき、中学時代、同じクラスだった男の子のことを、ふと思い出した。名前は覚えていないのだけれど、不良でも、優等生でもなく、おとなしそうな男の子たちとつるんでいた、ごく普通の男子。

何十年ぶりかに彼のことを思い出したのは、彼の持っていた下敷きに、「RC」とマジックで書かれてあったのを覚えていたからだった。

わたしは、当時、清志郎のことも、RCサクセションのことも知らなかったので、それがどんな意味なのかわからなかった。バイクとか、車の種類みたいなものなんだろうと勘違いし、男子ってそういうのが本当に好きなんだなぁと、そのまま忘れていたのである。彼は、当時、RCサクセションを聴いていたのだ。

14歳だった彼と、14歳だったわたし。

もし、仲良く話す機会があったら、楽しかっただろうなぁ。わたしが清志郎を知ったのは、すっかり大人になってからだった。わたしの中に、取り返しのつかないような感情が湧き起こってきたのだった。

彼は、今、どんな大人になっているのか。わかるはずもないのだけれど、忌野清志郎さんが亡くなったと告げるニュースを見て、人一倍悲しんでいたことだけは想像がつくのだった。

青春、手遅れ

テレビで宮崎あおいちゃんを見て
ニコッ
かわいい～
こんなヘアスタイルにしたいな～
と思うものの、
美容室
やってみたいヘアスタイルには限界がある
ということを
ひしひしと感じるアラフォーでした
じー

宮崎あおいちゃんみたいに
などと言ってはいけない年齢に達していることはわかっているので
あおいちゃんっぽい感じになるよう、工夫して伝えてみますが
前髪を重ためにして、あと〜
うまく伝えられたとしても、それは、別物なのでした……
ちょっと若者すぎますかね？
ウ〜ん
エヘヘ
ウ〜ん
ぜんぜん大丈夫です
考える時間、ビミョーに長かったし
そもそも「大丈夫」ってどうなんでしょう？
フッ

きんちゃく袋のプレゼント

男の人たちに、これまでどんなものをプレゼントしてきたのだろう？

衣類を買ってプレゼントした。文房具を買ってプレゼントした。肩こりだった彼には、東急ハンズで健康器具を買ってプレゼントしたこともあるし、小さな家具を買ったこともある。傘や、手袋や、本や、家電や、置き物などなど、そのときに付き合っていた人にあわせて、限りある予算の中から、わたしなりに知恵をしぼっていろんなものを買って手渡してきたわけである。

だけど、わたしが本当に男の人にあげたかったものは、そういうものではなかったような気がするのだった。

わたしが、過去にあげておきたかった彼氏へのプレゼント、それは、手作りのきんちゃく袋である。

高校時代。彼女がいる男子は、みな、そろって手作りきんちゃくを持っていた。ふかふかしたキルティング生地を四角く縫い合わせて袋状にし、リュックサックになるようヒモをつけた簡単なバッグだ。彼らはそれに体操服を入れたり、部活のジャージを入れたりして登校してくるのだった。

彼氏ができると、まず、きんちゃく袋を作る。

そんな雰囲気だったので、もし、自分に彼ができたらどんなきんちゃく袋がいいだろうかと、わたしは割合、真剣に考えていた。

彼のイニシャルをアップリケするというのが定番だったので、イニシャルは外せないなと思った。でも、あんまり大きくつけるのはカッコ悪いので、目立たない隅のほうにつけてあげたかった。

生地は1色ではなくて、2色にしたかった。2色の布を縫い合わせて、その日の気分で表に向ける色を選んで欲しかったのだ。

わたしはノートの隅にあれこれときんちゃく袋のデザインを描き込んでいた。そして、きんちゃく袋の作り方を調べたりもしたわけなのだけれど、でも、肝心な彼氏の作り方はわからなかった。

何組の○○ちゃんが、何組の○○君と付き合うことになったらしい。そして、きんちゃく袋をもらった○○君は「ありがとう」を、その場で10回くらい言ったらしい。

そんな噂が耳に入るたびに、わたしは「ありがとう」を10回くらい言われている自分を何度も思い浮かべた。

でも、もう、手作りのきんちゃく袋は手遅れである。

今の彼に作ってあげたら、「なに、どしたの⁉」とドン引きされて終わり。この先、作る機会も、その必要もなく、また作りたい気持ちも起こらない。作りたかったときに、作らせてあげられなかった過去の自分が不憫《ふびん》なだけなのである。

ときどき想像するのだった。

10代の頃に携帯電話があれば、わたしにだって当時、恋人ができていたのだろうか？

できていたに違いない。

いや、できていたような気がする。

というか、できていたと思いたい。

面と向かって告白とか、手紙を渡す、などというハードルの高いことができなくても、メールという武器さえあれば、いくつかの恋は成就していたのではあるまいか？

きんちゃく袋も必要になっていたのではないか？

そんなことをぼんやり想像する。

だけど、冷静に考えればわかるのである。

たとえ携帯があったとしても、わたしはわたしでしかなく、好きな男子のアドレスを教えてもらうところにまで、たどり着けているわけがないのだった。

今だってそう。

わたしは、男の人の気をひく方法がよくわからない。だから、本屋さんに行くと、つい、「恋を手に入れる方法」とか、「男をとりこにするテクニック」みたいな本の前で立ち止まり、まわりに人がいないのを確認できれば、パラパラと立ち読みしてしまうのだった。そして必要事項を暗記し、よし、何かのときには役にたてるぞ！　と、いまだに思っているのである。あてもないのに、ノートの隅にきんちゃく袋の図案を描いていた、あの頃のように……。

青春、手遅れ

やっと
ケータイの赤外線受信の仕方を覚えました
わかったで〜
しかし、覚えたところで
便利かも〜
今年に入ってからアドレス交換した人は
ゼロです(今年もあとわずか)
赤外線手遅れ……
出会ってないな〜新しい友達
フッ
だいたい5人くらいの友達とローテーションで遊んでます
片手……

数が少ないので
個別に遊んだほうが
水増しになるので
多くて3人とかで
しょうか……
でも、
風通しが良く
いい感じでも
あります
子供の頃から
いろんな友達と、いろんな
関係を作ってきて
たぶん、40歳の今も
完成形ではないので
しょう
これから
どうなって
いくのかな〜

修学旅行の自由時間に彼氏に電話

高校の修学旅行の夜。

校内でカップルが成立している子たちは、夜の短い自由時間にデートしていた。

彼らはものすごく上手にデートの場所を発見する。それは、ホテルのお土産売り場の隅だったり、長い廊下の行き止まりだったり、階段の観葉植物のうしろだったり。

あ、そこにもいる！　ここにも！

女友達と、始終、一緒に行動していたわたしは、校内カップルたちのデート現場をうらやまし気にチラチラと盗み見していたものだった。

でも、本当にうらやましかったのは、電話をしている女の子たちだった。

携帯電話のなかった頃である。

公衆電話に10円玉を1枚1枚入れながら、遠く離れた彼氏に電話をしている同級生。

修学旅行なんて、たったの2泊なのに。

わざわざ、どうして?

バカにするような気持ちもあった。彼氏がいることを見せびらかしちゃってさ。鼻にもついた。だけど、あのときの彼女たちの姿を思い浮かべると、わたしは今でも、修学旅行の夜の空気に包まれることができる。それほど、羨ましかったのだ。わたしの心に深くしみ入っている光景だった。

10枚とか、20枚とか。彼女たちのてのひらには、10円玉が包み込まれていたことをわたしは知っていた。それを硬貨投入口に入れる様子も見て知っていた。

なのに、わたしは知らないのである。そんな姿を同級生たちに見られていることを楽しんでいた、彼女たちの優越感を。

学校の外に恋人がいる。

それは、別の世界を持っているということだった。わたしには、そんなもの、なにもなかった。世界はいつもふたつだった。家にいるときのわたしと、友達といるときのわたし。

今は、もっとたくさんの世界の中を渡り歩いている。大人になるのは、小さな世界をいくつも持つことなのだと、わたしは、いつ気づいたんだろう？

そして、今のわたしには、一体、いくつの世界があるんだろう？

その世界をいちいち公表せずに生きるのが大人なのだということを、わたしはどうやって学習していったのだろう？

もう、ずいぶん昔のこと。

大人になっていたけど、まだ携帯はなかった頃。当時の恋人が、1枚のカードをくれた。「伝言ダイヤル」というカード（たしかコンビニとかでも売っていた）で、それには専用の電話番号が印刷されてあり、そこに電話をして、恋人同士で決めた暗証番号をプッシュすれば、お互いの伝言を録音したり、聞いたりできるという便利なものだった。

ふたりとも家族と暮らしていたので、気軽に電話もしにくい。だから、いつも伝言ダイヤルにメッセージを入れあっていたのだ。

明日、9時に駅の噴水前で待ってます、とか、今日は寒かったけど、風邪ひいてませんか、とか。

話し口調を録音するのは照れくさいので、メッセージはいつも敬語だった。それを、会社の帰りに、駅の公衆電話で録音したり、彼からのメッセージを受け取ったりしていた。

「メッセージはおあずかりしていません」

という機械音のときは、がっかりした。そして、駅から家に向かう途中、もしかしたら、今、録音してくれているかも？

と思い、公衆電話の前を通るたびに、何度も自転車をとめて確認したりしていた。

そんなわたしの姿を、誰かが見てくれていただろうか？

修学旅行中に、彼氏に電話していた子たちを、羨まし気に見ていたわたしみたいに。いつも公衆電話に立ち寄っていたあの頃。幸せそうに笑ったり、がっかりしたり。恋をしているんだなぁって、わたしも街の誰かに羨まし気に見られていたのだろうか。

修学旅行の夜には電話できなかったけれど、伝言ダイヤルは、友達にも言わないわたしの新しい世界だった。

恋って、苦しかったけど、やっぱり楽しい。楽しかった。

これから先、わたしに「恋愛」の思い出が増えることはないのかも。な～んて考えると淋しくなるから、今はまだ触れないようにしているのだった。

青春、手遅れ

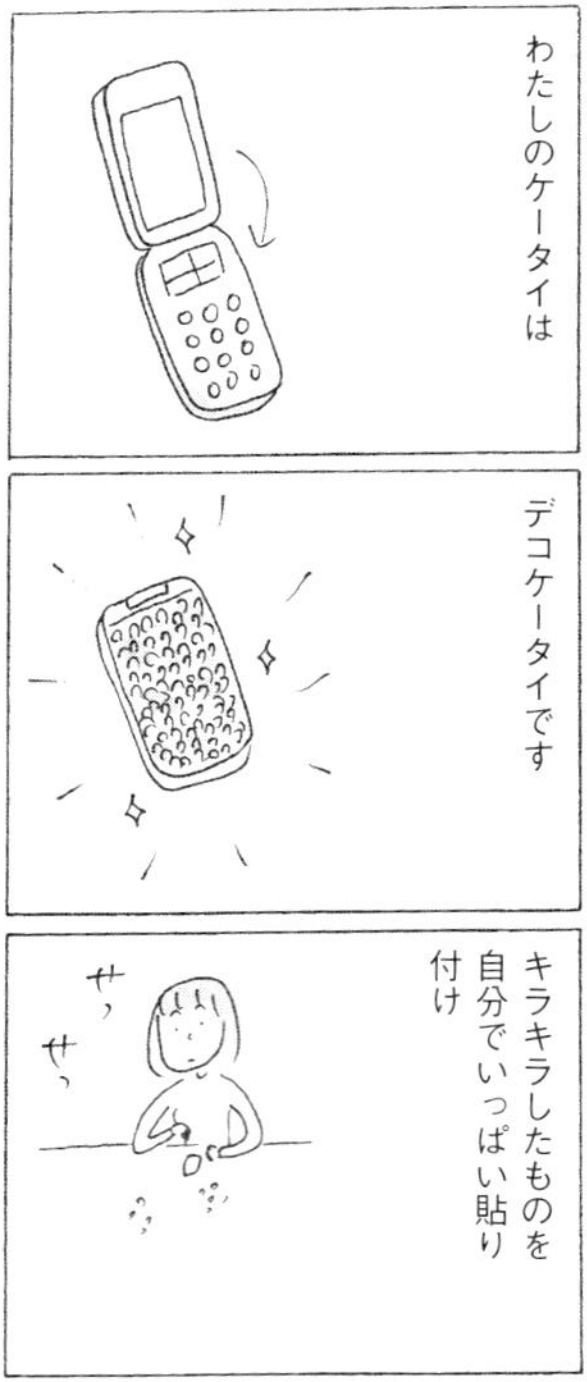
わたしのケータイは
デコケータイです
キラキラしたものを自分でいっぱい貼り付け
せっ
せっ

適当なところでやめられず
せっ
せ
とまんない
やたらハデなケータイになり
うわ〜っ
人に見せると
見て見て
ん？
ドン引きされます
なーにーそーれー
ピカー
ピカー

もう少し若ければ反応も違っていたのでしょうね……
かわいい～
まあ、うすうすわかってましたけど
ハハハハ
しかし、年齢による別の反応も
ほら見て
おっ
そのデコボコ、ツボ押しになりそう
どお?
ギュッ
あ、いいかも
見て、ミリちゃんのケータイツボ押しになる
へー
ほれ
ギュッ
あ、いいかも
でしょ～
なんか違うけど
アハハハ
アハハハ
アハハハ

お姫さまだっこは
40過ぎて
やってもらったので
手遅れでは
ありません
でしたが……

校門で待たれる

放課後、高校の校門で他校の男子がぽつりと立っているのを、何度か目撃したことがあった。別にわが校の男子と決闘しようとしているわけではなく、自分の彼女を待っていたのである。

校門前の塀にもたれ掛かり、ちょっとすねたみたいな顔をして彼らは立っていた。その姿を横目に、わたしは何人かの女友達と共に自転車で通りすぎていく。

そして思った。

さっきの男子が、わたしのことを待ってくれているんだったら、どんなに素敵だろう？

だけど、待っているはずもない。同じ高校の男子ともろくろく話せないのに、他校の男子と仲良くなれるわけもないのだった。

そうなんだよなぁ、わたしは、制服姿の男子に待たれたことがない人生を歩いているんだよなぁ。自分の経験値の低さに、いちいちもの悲しさを感じずにはいられない。

経験がないと言えば、小学校の頃は別にして、わたしは学生時代、男子に名前を呼び捨てにされたことがない人生でもあるのだった。

ずーっと「益田さん」である。

益田さん。

別にいいんだけど、「益田さん」では、どうがんばったって素敵な思い出に入れることはできないのだった。

男子に、親しみを込めて呼び捨てにされている女の子たちに嫉妬していた。

わたしはいつも思い描いていた。廊下ですれ違うときなどに、

「おい、益田、これ教室に持ってっといて」

なんて、仲良しの男子に教科書をポイッと渡されている自分のことを。

そうしたらわたしは、彼にこう言うのだ。

「ちょっと、自分で持っていきなさいよ！　まったく、もうっ」

空想するだけでこんなに楽しいのだから、こういう過去が本当にあった人は、どんなに楽しかったことだろう。

男友達に名字を呼び捨てにされるのもいいけれど、やはり、彼氏に下の名前を呼び捨てにされている女の子のほうが眩《まばゆ》かった。

「おい、カナ、帰るぞ」

6時間目の授業が終わると、カナちゃんの彼氏は教室まで迎えにきた。

カナちゃんは、「おい、カナ、帰るぞ」と彼に言われると、「はーい」なんて言って立ち上がり、彼の後ろを急いでついていった。そして、さっきまでうだうだおしゃべりしていた女の集団（の中にいつもわたしはいた）を振り返りながら、「ごめんネ」みたいな顔を作るのだ。

ほら、うちの彼、亭主関白で困るのよ〜。

カナちゃんは、困った顔をしつつも、そうされていることが嬉しそうだった。

あの頃のわたしは、カナちゃんになりたかった。わたしもボーイフレンドに乱暴に名前を呼ばれ、有無を言わさず連れて帰られたいと思っていたのだ。

誰かの所有物のように扱われたかった。

10代のわたしは、そうされることで、未来の不安が少し薄まるような気がしていた。自分がこれからどうすればいいのかを、彼に決めてもらいたかった。帰るぞと言われて、帰っていくカナちゃんになりたかった。

だけど、わたしのことを教室からさらっていく男子はひとりもいなかった。

すなわち、帰るタイミングは、いつだって自分次第。そういうことが染み付いているわが人生。

今さら、ついてこいと言われても、

「はぁ？　自分のタイミングありますんで」

わたしの土台は青春時代から地道に固められているのだった。途中、何度かついていきかけたこともあった気がするが……、でも、結局、行かなかった。わたしの青春は手遅れだらけだったけれど、手遅れにならなかったことも、ある。

自分にあたえられている時間を、誰かに持っていかれることには慣れていない。明日も来週も1年後も、誰ひとりとして、わたしを自由に取り扱うことなどできないのだ、と思いながら、友達や恋人と共に、ふわふわと歳をとっていきたいなぁ。

そんなことを思いつつ、来月41歳、バカボンのパパと同級生になるわたし。
これでいいのか？
たぶん、これもいいのだ。

青春、手遅れ

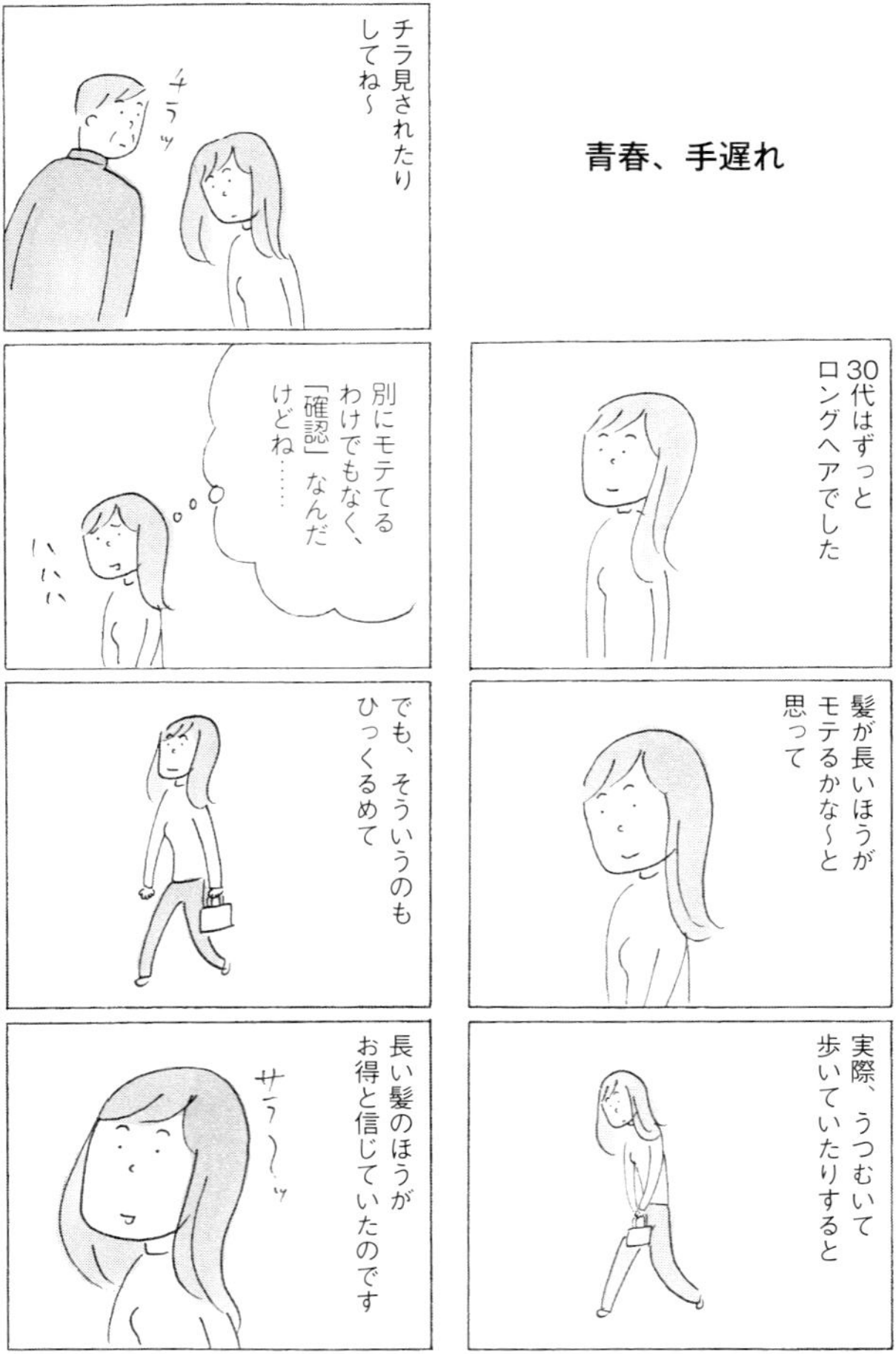
30代はずっとロングヘアでした
髪が長いほうがモテるかな〜と思って
実際、うつむいて歩いていたりすると
チラ見されたりしてね〜
チラッ
別にモテてるわけでもなく、「確認」なんだけどね……
ハハハ
でも、そういうのもひっくるめて
長い髪のほうがお得と信じていたのです
サラ〜ッ

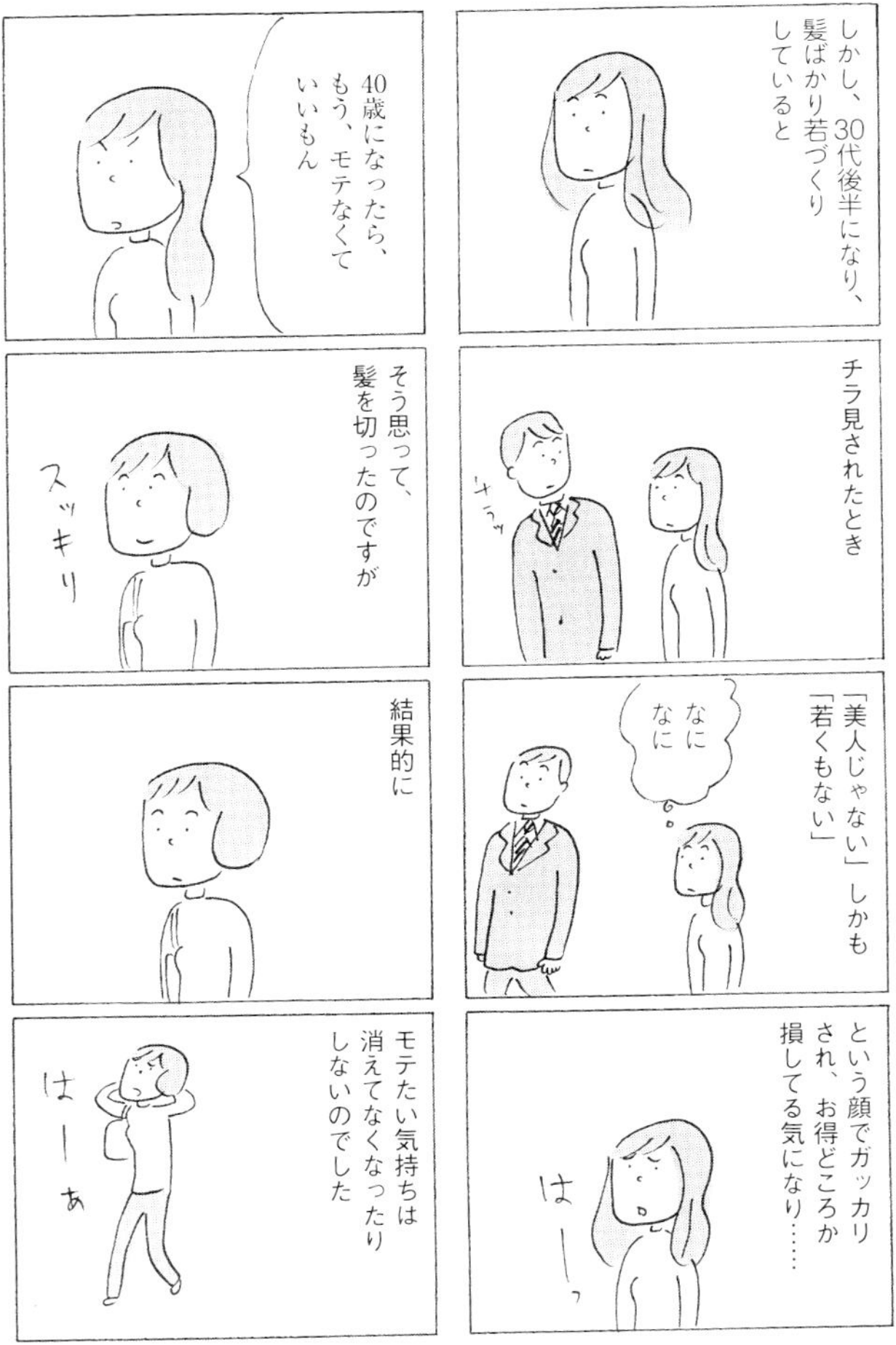
しかし、30代後半になり、髪ばかり若づくりしていると
チラ見されたとき
「美人じゃない」しかも「若くもない」
なになに
という顔でガッカリされ、お得どころか損してる気になり……
はーっ
40歳になったら、もう、モテなくていいもん
そう思って、髪を切ったのですが
スッキリ
結果的に
モテたい気持ちは消えてなくなったりしないのでした
はーぁ

あとがき

この本は、角川学芸WEBマガジンでの連載をまとめたものである。連載がスタートしたとき39歳だったわたしも、あとがきを書いている今は41歳。新しい世界へと踏み出したわけである。

40代、50代の女性が読むファッション誌を見てみれば、とんでもなくステキなことになっていた。宝石とか、時計とか、料亭とか、ワンランク上の京都とか。キリリとした大人の世界だ。今のままのわたしでは、確実に、そこの住人になれないことはわかっている。

わたしは、一体、どこに向かっているのだろう？

どうしよう、これからの自分のスタイルがまったく見えていない。目標もないまま、ずるずるとなし崩しになっていきそうでもある。
60歳になっているわたしは、そこで、どんな「中年、手遅れ」を見るのか。それもまた、少し、楽しみだったりして。

2010年3月

益田ミリ

文庫版あとがき

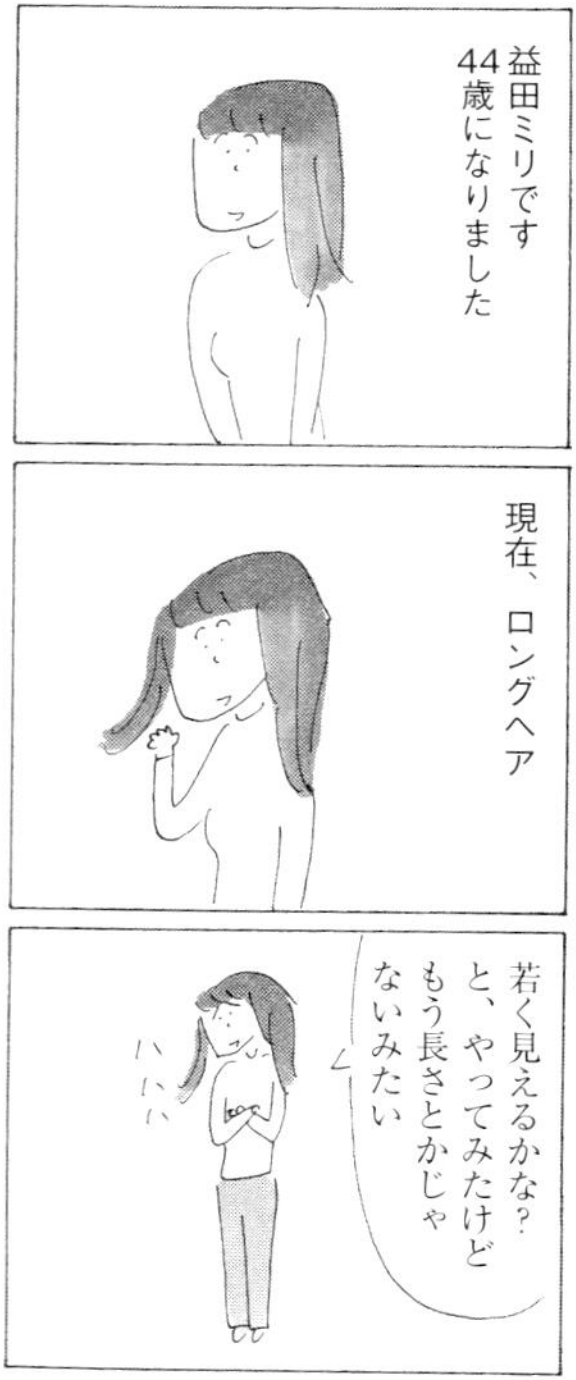
益田ミリです
44歳になりました
現在、ロングヘア
若く見えるかな？と、やってみたけど
もう長さとかじゃないみたい

先日、同世代の女性とお茶してたんですが
髪伸ばしたんだけど
だからどうなんだってかんじ
わかる〜髪型に目的がないよね
昔はさ、ヘアスタイルを変えると新しい自分になれる気がしたけど
新学期とか特にねえ
そーそー

な〜んて
話してたんですよね〜
新学期にきれいになっていて、急に男子にモテるって憧れたなぁ
もう
永遠に新学期モテ、は手遅れです
手遅れなんです
だけど、
いつ何をはじめてもいい大人という自由が手に入りました
自分の時間と自分のお金
今、ピアノと料理と英会話を習っている、
44歳です
周囲からは「何を目指してるの?」と、ツッコまれてますが
目的などなくてよいのかもしれませんヨ

この作品は二〇一〇年四月角川学芸出版より刊行された
『青春、手遅れ』に加筆修正し改題したものです。

幻冬舎文庫

●好評既刊
銀座缶詰
益田ミリ

ほうれい線について考えるようになった40代。まだたくさんしたいことがあるし夜遊びだってする。既に失われた「若者」だった時間と、尊い「今この瞬間」を掬いとる、心揺さぶられるエッセイ集。

●好評既刊
週末、森で
益田ミリ

森の近くで暮らす翻訳家の早川さんと、彼女のもとを週末ごとに訪ねる経理部ひとすじ14年のマユミちゃん、そして旅行代理店勤務のせっちゃん。仲良し3人組がてくてく森を歩く四コマ漫画。

●好評既刊
47都道府県 女ひとりで行ってみよう
益田ミリ

33歳の終わりから37歳まで、毎月東京からフラッとひとり旅。名物料理を無理して食べるでもなく、観光スポットを制覇するでもなく。自分のペースで「ただ行ってみるだけ」の旅の記録。

●好評既刊
前進する日もしない日も
益田ミリ

着付けを習ったり、旅行に出かけたり。お金も時間も好きに使えて完全に「大人」になったけれど、それでも時に泣くこともあれば、怒りに震える日もある。共感度一二〇%のエッセイ集。

●好評既刊
最初の、ひとくち
益田ミリ

幼い頃に初めて出会った味から、大人になって経験した食べ物まで。いつ、どこで、誰と、どんなふうに食べたのか、食の記憶を辿ると、心の奥に眠っていた思い出が甦る。極上の食エッセイ。

青春《せいしゅん》ふたり乗《の》り

益田《ますだ》ミリ

平成26年2月10日　初版発行

発行人——石原正康
編集人——永島賞二
発行所——株式会社幻冬舎
〒151-0051東京都渋谷区千駄ヶ谷4-9-7
電話　03(5411)6222(営業)
　　　03(5411)6211(編集)
振替00120-8-767643
印刷・製本—株式会社 光邦
装丁者——高橋雅之

幻冬舎文庫

ISBN978-4-344-42160-8　C0195　ま-10-10